UN DON

London Jan 2017

TONI MORRISON

UN DON

Traduit de l'anglais (États-Unis)
par Anne WICKE

CHRISTIAN BOURGOIS ÉDITEUR ◊

Titre original :
A Mercy

Pour R.G.

Pour toutes ces années de finesse,
de lucidité et d'intelligence.
Merci.

N'aie pas peur. Mon récit ne peut pas te faire du mal malgré ce que j'ai fait et je promets de rester calmement étendue dans le noir – je pleurerai peut-être, ou je verrai parfois à nouveau le sang – mais je ne déploierai plus jamais mes membres avant de me dresser et de montrer les dents. Je m'explique. Tu peux penser que ce que je te dis est une confession, si tu veux, mais c'est une confession pleine de ces curiosités qui ne sont familières que dans les rêves et durant ces moments où le profil d'un chien se dessine dans le plumet de vapeur s'élevant d'une bouilloire. Ou lorsqu'une poupée de maïs posée sur une étagère se retrouve à valser dans le coin d'une pièce et que les méchantes raisons qui l'ont amenée là sont claires. Des choses plus étranges arrivent sans arrêt et partout. Tu le sais. Je sais que tu le sais. Une des questions, c'est : Qui est responsable ? Une autre question : Est-ce que tu sais lire les choses ? Si une paonne refuse de couver, je lis cela très vite et, ça ne manque pas, cette nuit-là je vois *a minha mãe* debout, main dans la main avec son petit garçon, et avec mes chaussures qui gonflent la poche de son tablier. D'autres signes demandent plus de temps pour être compris. Souvent, il y a trop de signes, ou alors un présage clair se brouille trop vite. Je les trie et tente de m'en souvenir, mais je sais pourtant que j'en manque beaucoup, comme lorsque je ne lis pas la couleuvre rayée qui rampe jusque sur le seuil de la porte pour y mourir. Je vais donc partir de ce que je sais avec certitude.

Tout commence avec les chaussures. Enfant, je ne peux pas supporter d'être pieds nus et je supplie sans cesse pour avoir des chaussures, les chaussures de n'importe qui, même par les journées les plus chaudes. Ma mère, *a minha mãe*, fronce les sourcils, elle est en colère à cause de ce qu'elle appelle mes manières de coquette. Seules les mauvaises femmes portent des talons. Je suis dangereuse, elle dit, dangereuse et sauvage, mais elle finit par se calmer et me laisse porter les chaussures dont la Senhora ne veut plus, à bouts pointus, avec un des talons cassé, l'autre bien usé et une boucle sur le dessus. Résultat, dit Lina, mes pieds sont inutiles, ils seront toujours trop tendres et n'auront jamais les plantes solides, plus dures que du cuir, qu'exige la vie. Lina a raison. Florens, elle dit, on est en l'an 1690. Qui d'autre à notre époque a les mains d'une esclave et les pieds d'une grande dame portugaise? Donc, quand je pars pour aller te chercher, elle et Mistress me donnent les bottines de Sir, qui vont à un homme, pas à une fille. Elles les bourrent de foin et de feuilles de maïs huileuses et me disent de cacher la lettre dans mon bas – même si le sceau de cire me démange. Je sais lire mais je ne lis pas ce qu'écrit Mistress; Lina et Sorrow ne savent pas lire. Mais je sais ce que cela veut dire et ce qu'il faut que je dise à quiconque m'arrête.

La tête me tourne de la confusion de deux choses, la faim de toi et la peur si jamais je me perds. Rien ne m'effraie plus que cette mission et rien n'est plus proche de la tentation. Depuis le jour de ta disparition je rêve et je complote. Pour savoir où tu es et comment m'y rendre. Je veux m'élancer sur la piste, sous les hêtres et les pins blancs, mais je me demande : Dans quelle direction ? Qui me le dira ? Qui vit dans ces étendues sauvages entre notre ferme et toi, et m'aideront-ils ou me feront-ils du mal ? Et les ours sans squelette de la vallée ? Tu te souviens ? Quand ils marchent, leur pelage qui flotte comme s'il n'y avait rien en dessous ? Leur odeur nie leur beauté, et leurs yeux nous reconnaissent du temps où nous étions aussi des bêtes sauvages. Tu me dis que c'est pour cela qu'il est fatal de les regarder dans les yeux. Car alors ils s'approchent, ils courent vers nous pour nous aimer et pour jouer avec nous, ce que nous lisons mal, et nous leur renvoyons de la peur et de la colère. Des oiseaux géants nichent aussi là-bas, qui sont plus gros que des vaches, dit Lina, et tous les indigènes ne sont pas comme elle, elle ajoute, alors fais attention. Une sauvage qui prie, c'est comme ça que les voisins l'appellent, parce qu'elle va à l'église mais pourtant elle se baigne tous les jours, ce que les chrétiens ne font jamais. Sous ses vêtements, elle porte des perles bleu vif et danse en secret aux premières lueurs quand la lune est encore petite. Plus que la peur des ours amoureux ou des oiseaux plus gros que des vaches, je crains la nuit quand il n'y a plus de chemin. Comment, je me demande, pourrai-je alors te retrouver dans le noir ? Pour l'heure enfin, il y a un moyen. J'ai des ordres. Tout est arrangé. Je verrai ta bouche et dessinerai ton corps de mes doigts. Tu poseras à nouveau ton menton dans mes cheveux pendant que je respirerai au creux de ton épaule, respirer souffler, respirer souffler. Je suis heureuse que le monde s'ouvre pour nous, pourtant cette nouveauté me fait trembler. Pour te retrouver je dois quitter la seule maison et les seules personnes que je connaisse. Lina dit que d'après l'état de mes dents je dois avoir sept ou huit ans quand on m'amène ici. Huit fois nous faisons bouillir des prunes sauvages pour faire de la confiture et cuisons des gâteaux depuis ce jour-là, je dois donc maintenant avoir seize ans. Avant d'être ici je passe mes journées à cueillir des gombos et à balayer des séchoirs à tabac, et mes nuits sur le sol de la cuisine avec *a minha mãe*. Nous sommes baptisées et pouvons donc connaître le bonheur lorsque cette vie sera finie. C'est le Révérend Père qui nous le dit. Une fois tous les sept jours nous apprenons à lire et à écrire. On nous interdit de quitter l'endroit, alors nous nous cachons tous les quatre près du marais. Ma mère, moi, son petit garçon et le Révérend Père. Il n'a pas le droit de le faire mais il nous apprend quand même tout en faisant attention aux méchants Virginiens et aux protestants qui veulent l'attraper. S'ils y arrivent, il ira en prison ou il devra donner de l'argent ou même les deux. Il a deux livres et une ardoise. Nous avons des bâtons pour dessiner sur le sable, et des petits galets pour former des mots sur les pierres plates et lisses. Lorsque les lettres sont inscrites dans nos mémoires nous faisons des mots entiers. Je suis plus rapide que ma mère, et son petit garçon n'est pas doué du tout. Très rapidement je suis capable d'écrire de mémoire le credo de Nicée avec toutes les virgules. Pour la confession on la dit, on ne l'écrit pas comme je suis en train de le faire. J'oublie presque tout, jusqu'à aujourd'hui. J'aime entendre les gens parler. Lina, les pierres, et même Sorrow. Et plus

que tout, toi. Au début quand j'arrive ici je ne dis pas
le moindre mot. Tout ce que j'entends est différent de
ce que les mots veulent dire pour *a minha mãe* et moi.
Les mots de Lina ne disent rien que je connaisse. Ni ceux
de Mistress. Peu à peu il y a quelques mots dans ma
bouche et non plus sur la pierre. Lina dit que le lieu où
je parle sur la pierre s'appelle la Terre de Mary, là
où Sir fait ses affaires. C'est donc là aussi que ma mère
et son bébé sont enterrés. Ou le seront s'ils décident
un jour de reposer. Dormir sur le sol de la cuisine avec
eux n'est pas aussi agréable que dormir dans le traîneau cassé avec Lina. Par temps froid nous instal-
lons des planches autour de notre partie de l'étable et
nous enveloppons nos bras enlacés sous des peaux de
bêtes. Nous ne sentons pas les bouses de vache parce
qu'elles sont gelées et que nous sommes enfouies sous
la fourrure. En été, si nos hamacs sont attaqués par
les moustiques, Lina arrange un endroit frais avec des
branchages pour dormir. On n'aime pas les hamacs et
on préfère dormir par terre même sous la pluie, quand
Sir te propose la resserre. Sorrow ne dort plus près de la
cheminée. Les hommes qui t'aident, Will et Scully, ne
passent jamais la nuit ici parce que leur maître ne le
permet pas. Tu te souviens d'eux, qui ne voulaient
jamais accepter d'ordres de toi tant que Sir ne les avait
pas forcés ? Il pouvait le faire parce qu'ils sont prêtés en
échange de la terre louée par Sir. Lina dit que Sir se
débrouille très bien pour obtenir sans rien donner. Je
sais que c'est vrai parce que je vois ça depuis toujours.
Je regarde, ma mère écoute, son petit garçon calé sur
sa hanche. Senhor ne paie pas tout ce qu'il doit à Sir.
Sir dit qu'il prendra à la place la femme et la fillette,
pas le bébé, et la dette sera épongée. *A minha mãe* le

supplie de ne pas faire ça. Son bébé est encore au sein.
Prends la fillette, elle dit, ma petite fille, elle dit. Moi.
Moi. Sir accepte et change les termes de l'arrangement.
Dès que le tabac est mis au séchoir le Révérend Père
m'emmène sur un ferry, puis sur un ketch, et enfin sur
un bateau où il m'installe entre ses caisses de livres et
de nourriture. Le deuxième jour, il se met à faire un
froid glacial et je suis heureuse d'avoir un manteau,
même très léger. Le Révérend Père s'excuse parce qu'il
veut aller ailleurs sur le bateau et il me dit de rester
exactement où je suis. Une femme s'approche et me
dit de me lever. Je le fais et elle enlève le manteau
de mes épaules. Et elle me prend mes sabots de bois.
Elle s'éloigne. Le Révérend Père rougit un petit peu
quand il apprend à son retour ce qui s'est passé. Il
court partout en demandant où et qui mais il ne
récolte aucune réponse. Il finit par prendre des chiffons, des bandes de toile à voile qui traînent, et il
m'enveloppe les pieds. Maintenant je sais que contrairement à ce qui se passe chez Senhor, les prêtres sont
mal aimés ici. Un marin crache dans la mer quand
le Révérend Père lui demande de l'aide. Le Révérend
Père est le seul homme gentil que je connaisse. Quand
j'arrive ici je crois bien que c'est l'endroit contre
lequel il me met toujours en garde. Le froid glacial de
l'enfer, qui vient avant le feu éternel où les pécheurs
mijotent et roussissent pour toujours. Mais la glace
vient d'abord, il dit. Et quand je vois les lames de
glace pendre aux maisons et aux arbres et que je sens
l'air blanc me brûler le visage, je suis certaine que le
feu approche. Puis Lina sourit quand elle me regarde
et elle me prend dans ses bras pour me réchauffer.
Mistress détourne les yeux. Sorrow n'est pas non plus

contente de me voir. Elle agite la main devant son visage comme si des abeilles l'ennuient. Elle est vraiment très bizarre et Lina dit qu'elle est à nouveau enceinte. Pour le père ce n'est toujours pas clair et Sorrow ne dit rien. Will et Scully rient et nient. Lina pense que c'est Sir. Elle dit qu'elle a une bonne raison de croire ça. Quand je lui demande quelle est cette raison, elle dit que c'est un homme. Mistress ne dit rien. Moi non plus. Mais j'ai un souci. Non pas parce que nous avons plus de travail, mais parce que les mères qui allaitent des bébés avides me terrifient. Je sais ce que disent leurs yeux quand elles font leur choix. Comment elles lèvent les yeux pour me regarder durement, en disant quelque chose que je ne peux pas entendre. En disant quelque chose qui est important pour moi, mais sans lâcher la main du petit garçon.

L'homme s'avança dans les vagues, marchant précautionneusement sur les galets puis sur le sable pour gagner la grève. Un brouillard venu de l'Atlantique et empestant les algues recouvrait la baie et le ralentissait. Il voyait bien ses bottes pleines d'eau mais ni sa sacoche ni ses mains. Lorsque les vagues se trouvèrent derrière lui et que ses semelles commencèrent à s'enfoncer dans la boue, il se tourna pour faire un signe aux marins, mais comme le mât avait disparu dans le brouillard il ne put voir s'ils étaient encore ancrés ou s'ils se risquaient déjà à repartir – en collant à la côte et en devinant approximativement la position des quais et des docks. Contrairement aux brouillards anglais qu'il connaissait depuis qu'il savait marcher, ou à ceux du Nord où il vivait maintenant, celui-ci était embrasé par le soleil, et transformait le monde en or chaud et épais. Le pénétrer était comme lutter à l'intérieur d'un rêve. Là où la boue devint un marais herbeux, il tourna à gauche, progressant avec grand soin jusqu'au moment où il trébucha contre des planches de bois remontant la plage vers le village. À part son propre souffle et sa marche difficile, le monde était totalement silencieux. Ce ne fut que lorsqu'il eut atteint les grands chênes verts que le brouillard faiblit et se fendit. Il avança alors plus vite, contrôlant mieux les choses, mais regrettant, aussi, l'or éblouissant qu'il venait de traverser.

Se frayant un chemin avec de plus en plus de confiance, il arriva au misérable village dormant entre deux énormes plantations du bord du fleuve. Là, le loueur de chevaux se laissa persuader de renoncer à une caution si l'homme signait un billet : Jacob Vaark. La selle était de médiocre facture mais le cheval, Regina, se révéla un bon animal. Sur sa monture, il se sentit mieux et chevaucha avec insouciance quoiqu'un peu trop vite le long des plages jusqu'au moment où il atteignit une ancienne piste des Lenape. Il y avait là matière à se montrer prudent ; il fit ralentir Regina. Dans ce territoire il ne pouvait être sûr de qui était ami ou ennemi. Une demi-douzaine d'années auparavant, une armée de Noirs, d'indigènes, de Blancs et de mulâtres – Noirs libres, esclaves et engagés – avaient lancé une guerre contre les grands propriétaires locaux, sous la conduite de membres de cette même classe. Lorsque cette « guerre du peuple » abandonna tous ses espoirs sous la main du bourreau, le résultat de tout cela – qui incluait le massacre de tribus ennemies et l'expulsion des indigènes de la Caroline – fut un maquis de nouvelles lois autorisant le chaos pour défendre l'ordre. En supprimant la manumission, les réunions, les déplacements et le port d'armes pour les Noirs, en autorisant tout Blanc à tuer tout Noir pour n'importe quelle raison, en offrant des compensations aux propriétaires pour la mort ou la mutilation d'un esclave, ils séparèrent et protégèrent les Blancs de tous les autres et pour toujours. Le moindre rapprochement social entre planteurs et travailleurs, élaboré avant et pendant la rébellion, s'effondra sous les coups de marteau assénés en faveur des intérêts et des profits des planteurs. De l'avis de Jacob Vaark, c'étaient là des lois illégales, qui encourageaient la cruauté en échange d'une cause commune, à défaut d'une vertu commune.

En bref, en l'an 1682, la Virginie était toujours en plein chaos. Qui pouvait suivre ces constantes batailles menées pour Dieu, le roi et la terre? Malgré la relative sécurité que lui assurait sa peau, ce voyage en solitaire demandait de la prudence. Il savait qu'il pouvait très bien chevaucher pendant des heures sans rencontrer âme qui vive, à part les oies survolant les voies d'eau intérieures, et soudain, de derrière des arbres abattus, un déserteur affamé armé d'un pistolet pouvait surgir, une famille de fuyards pouvait se cacher dans un creux, ou encore un renégat armé pouvait le menacer. Porteur de plusieurs sortes de numéraires et seulement armé d'un couteau, il était une cible tentante. Impatient de quitter cette colonie pour en gagner une autre, moins dangereuse mais à ses yeux plus rebutante, Jacob força sa jument à accélérer l'allure. Il descendit de sa monture à deux reprises, la deuxième fois pour libérer la patte arrière ensanglantée d'un jeune raton laveur coincée dans la fourche d'un arbre. Regina brouta l'herbe du bas-côté de la piste tandis qu'il tentait de se montrer aussi doux que possible, tout en évitant les griffes et les dents de l'animal apeuré. Une fois l'opération réussie, le raton laveur s'éloigna en boitant, peut-être pour retrouver la mère qui avait été obligée de l'abandonner, ou plus sûrement pour retomber dans d'autres griffes.

Continuant sa route au grand galop, il transpirait tant que la sueur lui piquait les yeux et que ses cheveux se collaient sur ses épaules. C'était déjà le mois d'octobre et Regina, trempée, renâclait. L'hiver n'existait pas par ici, songea-t-il, et il aurait pu tout aussi bien se trouver à La Barbade, ce à quoi il avait jadis songé, même si la rumeur avançait que la chaleur de l'île était encore plus fatale que celle-ci. Mais c'était il y avait des années de cela et la décision était devenue caduque avant même qu'il eût pu entreprendre de la concrétiser. Un oncle du côté de la famille qui l'avait abandonné et qu'il n'avait jamais rencontré mourut en lui laissant cent vingt acres d'une propriété à l'abandon, dans un climat qu'il préférait de beaucoup. Un climat avec quatre saisons bien distinctes. Pourtant cette brume, chaude et infestée de taons, ne lui attaquait pas le moral. Malgré le long périple effectué à bord de trois navires sur trois étendues d'eau différentes, suivi de cette difficile chevauchée sur la piste des Lenape, il prenait beaucoup de plaisir à ce voyage. Le fait de respirer l'air d'un monde si neuf, presque inquiétant de crudité et de tentation, ne manquait jamais de le revigorer. Une fois loin de l'or chaud de la baie, il vit des forêts intactes depuis Noé, des côtes si belles qu'elles vous en faisaient monter les larmes aux yeux, et de la nourriture sauvage à foison. Les mensonges de la Compagnie sur les profits faciles qui attendaient les nouveaux arrivants ne le surprenaient ni ne le décourageaient. C'étaient en fait les épreuves, et l'aventure, qui l'attiraient. Toute sa vie avait été un mélange de conflit, de risque et d'apaisement. Et le voilà, lui, le misérable orphelin devenu propriétaire terrien, qui se faisait de nulle part sa place, qui se créait une existence douce à partir d'une vie difficile. Il aimait ne jamais savoir ce qui allait se trouver sur son chemin, ni qui pouvait l'approcher et dans quelles intentions. Il pensait vite, et rougissait de plaisir lorsqu'une crise, petite ou majeure, exigeait de l'invention et une action rapide. Bousculé sur la selle médiocre, il se tenait bien droit tandis que son regard balayait les alentours. Il avait intimement connu ce paysage des années auparavant, lorsque celui-ci faisait encore partie de la vieille nation suédoise ; plus tard aussi, alors qu'il était un des agents de la Compagnie. Et, plus tard encore, lorsque les Hollandais prirent le contrôle du territoire. Pendant et après ce conflit, cela n'avait jamais eu grande importance de savoir qui revendiquait cette terre-ci ou bien celle-là ; cet avant-poste ou bien celui-là. Sans même parler des indigènes, à qui tout cela appartenait, n'importe quelle terre pouvait d'une année à l'autre être revendiquée par une Église, contrôlée par une compagnie ou devenir une propriété privée après un cadeau royal fait à un fils ou à une favorite. Puisque ces revendications étaient très changeantes, excepté pour les notations sur les contrats de vente, il ne prêtait que peu d'attention aux noms anciens ou nouveaux des villes ou des forts : Fort Orange, Cape Henry, Nieuw Amsterdam, Wiltwyck. Dans sa géographie personnelle, il allait des Algonquins aux Sesquehanna en passant par les Chesapeake pour retrouver les Lenape, puisque les tortues semblaient bien avoir une espérance de vie plus longue que les villes. Lorsqu'il avait descendu la South River jusqu'à la baie de Chesapeake, il avait débarqué, puis trouvé un village et négocié son passage à cheval sur des pistes autochtones, en faisant bien attention à leurs champs de maïs, en traversant avec précaution leurs terrains de chasse, en demandant poliment la permission d'entrer dans un petit village ici ou dans un plus grand ailleurs. Il abreuva son cheval dans tel ruisseau et évita les redoutables marais longeant les pins. Reconnaître les pentes de certaines collines, un bois de chênes, une tanière abandonnée, ou l'odeur soudaine de la sève de pin – tout cela était plus que précieux ; c'était essentiel. Dans un territoire aussi instable, Jacob savait tout simplement que lorsqu'il sortirait de cette forêt de pins bordant les marais, il serait enfin dans le Maryland qui, pour le moment, appartenait au roi. Totalement.

En pénétrant dans ce pays qui était en fait une propriété privée, ses sentiments se battirent sans qu'aucun l'emportât. Contrairement aux colonies situées le long de la côte – convoitées, disputées et régulièrement rebaptisées, leur commerce limité à la nation qui sortait victorieuse –, la province du Maryland ouvrait le commerce aux marchés étrangers. Bon pour les planteurs, bien mieux pour les marchands, encore mieux pour les financiers. Mais le palatinat était papiste jusqu'à la moelle. Les prêtres arpentaient ouvertement les rues des villes ; leurs églises en menaçaient les places ; leurs sinistres missions se plantaient aux abords des villages indigènes. Les lois, les tribunaux et le commerce étaient leur domaine exclusif et des femmes trop élégantes en hauts talons circulaient dans des voitures conduites par de petits Noirs de dix ans. La roublardise laxiste et clinquante des papistes l'offensait. « Abhorrez la fieffée putain de Rome. » Toute la classe des enfants de l'hospice des indigents avait appris par cœur ces vers tirés de leur livre de lecture. « Et tous ses blasphèmes/

Ne buvez pas à sa coupe maudite/ N'obéissez pas à ses décrets. » Ce qui ne voulait pas dire qu'on ne pouvait pas faire des affaires avec eux, et il s'était souvent montré le plus malin, surtout ici où le tabac et les esclaves étaient mariés, chaque monnaie d'échange s'accrochant au bras de son partenaire. Que ce fût à cause de violences prolongées ou de maladies soudaines, l'un ou l'autre pouvait s'effondrer, portant préjudice à tous sauf au prêteur.

Le mépris, aussi difficile fût-il à masquer, devait être mis de côté. Ses échanges précédents avec ce domaine avaient surtout eu lieu avec un employé du propriétaire, assis tous deux sur des tabourets de taverne. Maintenant, pour une raison quelconque, il avait été invité, convoqué plutôt, à la maison du planteur – une plantation du nom de *Jublio*. Un marchand invité à dîner chez un gentilhomme ? Un dimanche ? Il devait donc y avoir des problèmes, se dit-il. Enfin, tout en chassant les moustiques et en faisant attention aux serpents des marais qui pouvaient effrayer sa monture, il aperçut les grandes grilles de fer de *Jublio* et fit avancer Regina. Il avait entendu parler de la grandeur de la plantation, mais n'était en aucun cas préparé à ce qui s'étendait devant lui. La maison, en pierre couleur de miel, ressemblait en vérité plutôt à un endroit où l'on tenait cour. Très loin sur la droite, au-delà des grilles de fer embrassant la propriété et estompées par la brume, il vit des rangées de baraques, silencieuses et vides. Ils sont aux champs, se dit-il, en train de tenter de limiter les dégâts causés aux récoltes par un temps très pluvieux. La confortable odeur des feuilles de tabac, rappelant les coins de cheminée et les bonnes femmes servant de la bière, enveloppait *Jublio* comme un baume. Le chemin se terminait devant une petite placette en brique, annonçant une fière entrée vers une véranda. Jacob s'arrêta. Un garçon apparut et Jacob, descendant de cheval un peu gauchement, lui tendit les rênes, tout en le mettant en garde.

« De l'eau. Pas de nourriture.

— Oui, monsieur, dit le garçon avant de faire tourner le cheval et de murmurer : Tu es belle, tu es belle. »

Il l'emmena.

Jacob Vaark monta trois marches de brique, puis rebroussa chemin pour avoir une meilleure appréciation de la maison. Deux larges fenêtres, composées d'au moins deux douzaines de carreaux chacune, flanquaient la porte. Cinq autres fenêtres, sur un vaste premier étage, retenaient le soleil qui brillait au-dessus de la brume. Il n'avait jamais vu une telle demeure. Les hommes les plus riches de sa connaissance bâtissaient en bois, pas en brique, ils construisaient des maisons de planches clouées, sans avoir besoin de ces grandes colonnes qui siéraient mieux à un parlement. Grandiose, se dit-il, mais facile, facile à bâtir dans ce climat. Le doux bois du Sud, une pierre crémeuse, nul besoin de calfater, le tout conçu pour la brise, pas pour la bise. Un long vestibule, sans doute, des parloirs, des chambres... un travail facile, une vie facile, mais Seigneur, quelle chaleur...

Il enleva son chapeau et essuya la sueur de son front avec sa manche. Puis, tâtant son col trempé, il remonta les marches et essaya le grattoir à bottes. Avant même qu'il ait eu le temps de frapper, la porte fut ouverte par un petit homme marqué par la contradiction : âgé et sans âge, déférent et moqueur, cheveux blancs et visage noir.

« Bonsoir, monsieur.

— Mr Ortega m'attend. »

Jacob examina la pièce par-dessus la tête de l'homme.

« Oui, monsieur. Votre chapeau, monsieur ? Senhor D'Ortega vous attend. Merci, monsieur. Par ici, monsieur. »

Des bruits de pas, sonores et agressifs, furent suivis du cri d'accueil de D'Ortega.

« Pile à l'heure ! Entrez, Jacob. Entrez. » Il lui montra une pièce d'un geste de la main.

« Bonjour, monsieur. Merci, monsieur », dit Jacob, tout en s'émerveillant devant la veste de son hôte, ses bas, sa jolie perruque. Aussi élaborés et gênants que devaient être ces ornements par cette chaleur, la peau de D'Ortega était sèche comme du parchemin, tandis que Jacob continuait à transpirer. L'état du mouchoir qu'il sortit de sa poche l'embarrassa tout autant que le besoin qu'il en avait.

Assis à une petite table encerclée d'idoles sculptées, fenêtres fermées pour repousser l'air brûlant, il but de la bière de sassafras tout en se montrant d'accord avec son hôte sur la chaleur et en lui disant qu'il n'avait pas à s'excuser de lui avoir fait faire ce long voyage. Cela dit, D'Ortega passa rapidement à l'affaire en question. Il y avait eu un désastre. Jacob en avait entendu parler, mais il écouta poliment avec une touche de compassion la version que son client/débiteur lui narra. Le navire de D'Ortega était ancré à un mille de la côte depuis un mois, dans l'attente d'un vaisseau qui devait arriver incessamment pour remplacer tout ce qu'il avait perdu. Un tiers de la cargaison avait péri de la fièvre. Le magistrat du Lord propriétaire lui avait infligé une amende de cinq mille livres de tabac pour avoir jeté les corps trop près de la baie; l'avait ensuite forcé à repêcher les corps – ceux qu'ils avaient pu retrouver (« Ils se sont servis de piques et de filets », expliqua D'Ortega, un achat qui en soi avait coûté 2,6 livres) – et à les brûler ou à les enterrer. Il avait dû les empiler dans deux charrettes de brasseur (16 shillings), les emporter vers les basses terres où les herbes et les alligators finiraient le travail.

Va-t-il oublier ses pertes et laisser son navire continuer sa route jusqu'à La Barbade? Non, se dit Jacob. Cet homme laxiste, entêté dans ses erreurs comme tous ceux de la foi romaine, attend au port un autre mois qu'un navire fantôme arrive de Lisbonne avec une cargaison suffisante pour remplacer les têtes qu'il a perdues. Alors qu'il compte remplir son navire à ras bord, celui-ci sombre et il a non seulement perdu le navire, il a non seulement perdu le tiers original, mais il a tout perdu, sauf l'équipage qui n'était pas enchaîné, bien sûr, et quatre Angolais invendables aux yeux rouges de colère. Et maintenant il voulait davantage de crédit et quatre mois de plus pour payer ce qu'il avait emprunté.

Le dîner fut un moment pénible rendu réellement insupportable par le malaise que ressentait Jacob. Ses vêtements rustiques offraient un vif contraste avec la soie brodée et les cols de dentelle. Ses doigts habituellement agiles étaient maladroits avec les couverts. Il y avait même une trace de sang du raton laveur sur ses mains. Un ressentiment rentré s'épanouissait à présent. Pourquoi un tel spectacle par un après-midi ensommeillé, pour un unique invité qui leur était bien inférieur? Délibéré, décida-t-il; une démonstration

théâtrale visant à l'humilier pour qu'il finisse par
accepter servilement les souhaits de D'Ortega. Le repas
commença par une prière murmurée dans une langue
qu'il ne put déchiffrer, accompagnée d'un lent signe
de croix avant et après. Malgré ses mains sales et ses
cheveux collés par la sueur, Jacob étouffa son agacement et choisit de se concentrer sur la nourriture. Mais
sa très grande faim disparut lorsqu'il se retrouva
devant des plats lourdement assaisonnés : tout, sauf les
condiments et les radis, était frit ou trop cuit. Le vin,
coupé d'eau et trop doux à son goût, le déçut, et la
compagnie se montra pire encore. Les fils étaient silencieux comme des tombeaux. La femme de D'Ortega
était une vraie pie, posant des questions ineptes
– « Comment faites-vous pour vivre dans la neige ? » –
et faisant des remarques qui étaient autant de défis
au bon sens, comme si son jugement politique pouvait être égal à celui d'un homme. C'était peut-être
dû à leur prononciation, à leur pauvre maîtrise de
la langue anglaise, mais Jacob avait l'impression que
rien dans cette conversation ne transpirait qui pût
s'ancrer dans le monde réel. Ils parlaient tous deux
de la gravité, de la responsabilité unique, que ce
monde sauvage leur offrait ; des liens indestructibles
de cet univers avec l'œuvre de Dieu et des diffi-
cultés qu'ils enduraient pour Lui. S'occuper de main-
d'œuvre malade ou récalcitrante suffisait, disaient-ils,
pour leur canonisation.

« Ils sont souvent malades, madame ? demanda
Jacob.

— Ils font semblant, mais non, dit son hôtesse. Ce
sont des canailles. Au Portugal, ce petit jeu ne marche
certainement pas.

— Ils viennent du Portugal ? »

Jacob se demanda si la servante comprenait l'anglais ou s'ils la maudissaient seulement en portugais.

« Enfin, de la partie angolaise du Portugal, dit D'Ortega. C'est une terre très belle, très accueillante.

— Le Portugal ?

— L'Angola. Mais bien sûr, le Portugal est sans pareil.

— Nous passons là quatre ans, ajouta Maîtresse D'Ortega.

— Au Portugal ?

— En Angola. Mais attention, nos enfants ne sont pas nés là-bas.

— Au Portugal, alors ?

— Non, au Maryland.

— Ah, en Angleterre. »

Il s'avéra que D'Ortega était le troisième fils d'un éleveur de bétail, qui n'avait donc droit à rien. Il était allé en Angola, le réservoir d'esclaves du Portugal, pour mettre en place des envois vers le Brésil, mais il avait trouvé que les promesses de richesses semblaient plus rapides et plus généreuses au loin, à l'étranger. Le passage d'une sorte de cheptel à une autre ne traîna pas et apporta d'immenses profits. Pour un temps, se dit Jacob. D'Ortega ne semblait pas vraiment réussir dans sa situation relativement nouvelle, mais il ne doutait pas qu'il finirait par gagner d'une manière ou d'une autre, comme son invitation à dîner était faite pour le prouver.

Ils avaient six enfants, dont deux étaient déjà assez grands pour être à table avec eux. Deux garçons sages comme des pierres, de treize et quatorze ans, portant perruque à l'instar de leur père, comme s'ils étaient à un bal ou à un tribunal. L'amertume qu'il ressentait, Jacob le comprenait, était pitoyable, elle était le résultat du fait que lui-même n'avait pas de survivant – mâle ou autre. Maintenant que sa fille Patrician avait suivi ses frères morts, il n'y avait plus personne pour récolter le modeste mais respectable héritage qu'il espérait accumuler. Et donc, étouffant son envie comme on lui avait appris à le faire à l'hospice des indigents, Jacob se divertit en pensant aux failles qu'il imaginait dans l'union de ce couple. Ils semblaient bien assortis : vaniteux, lascifs, plus fiers de leurs étains et de leur porcelaine que de leurs fils. La raison pour laquelle D'Ortega avait autant de dettes était très claire, évidente. Troquant ses bénéfices contre d'inutiles colifichets, absolument pas gêné par le somptuaire, les bas de soie et une femme trop élégamment vêtue, gâchant les chandelles à midi, il serait toujours incapable de supporter le moindre revers, qu'il s'agisse d'un navire perdu ou d'une récolte détruite. En les observant, Jacob remarqua que ni le mari ni la femme ne se regardaient jamais, mis à part quelques coups d'œil furtifs quand l'autre regardait ailleurs. Il n'aurait su dire ce qui se cachait sous ces regards subreptices, mais cela l'amusait d'imaginer le pire, tandis qu'il devait supporter ce bavardage stupide et incompréhensible et ces plats immangeables. Ils ne souriaient pas, ils grimaçaient ; ils ne riaient pas, ils gloussaient. Il les voyait méchants avec les domestiques et obséquieux avec les prêtres. Sa gêne initiale due aux conséquences inévitables de son long voyage – bottes boueuses, mains sales, transpiration et odeur – fut compensée par le lourd parfum et le visage trop poudré de Maîtresse D'Ortega. Le seul, et mineur, soulagement lui vint de la femme fleurant bon le clou de girofle qui servait la nourriture.

Sa Rebekka à lui semblait toujours plus précieuse à ses yeux les rares fois où il se trouvait en compagnie des épouses de ces hommes riches, de ces femmes qui changeaient de robe tous les jours et qui habillaient leurs domestiques de sacs de jute. Dès le moment où il avait vu sa promise descendre à grand-peine la passerelle, chargée de sa literie, de deux caisses et d'une lourde sacoche, il avait compris sa chance. Il aurait été prêt à accepter un sac d'os ou une vieille fille laide – il s'attendait en fait à cela, dans la mesure où une jolie fille aurait eu bien des occasions de trouver à se marier. Mais la jeune femme qui avait répondu à son appel dans la foule était potelée, amène et capable. Elle valait bien chacune des journées de cette longue recherche rendue nécessaire parce que, pour prendre possession du domaine, il fallait une femme, et aussi parce qu'il voulait une certain style de compagne : une femme n'appartenant à aucune Église, en âge de procréer, obéissante sans être servile, qui savait lire sans être fière, une femme indépendante mais chaleureuse. Et il n'accepterait pas de mégère. Conformément à la description donnée dans le rapport du second du navire, Rebekka était idéale. Pas la moindre trace de la harpie en elle. Elle n'élevait jamais la voix de colère. Veillait aux besoins de son mari, confectionnait les petits chaussons à la viande les plus tendres, accomplissait ses tâches, dans un pays qui lui était totalement étranger, avec enthousiasme et invention, gaie comme un pinson. En tout cas, avant. Trois bébés morts à la file, puis le décès accidentel de Patrician, leur fille de cinq ans, l'avaient abattue. Une sorte de couche de cendre invisible s'était déposée sur elle que ses veilles auprès des petites tombes dans la prairie ne contribuaient aucunement à chasser. Pourtant, elle ne se plaignait ni ne se dérobait jamais à ses devoirs. Plus exactement, elle se lança avec encore plus de vigueur dans le travail de la ferme, et, lorsqu'il voyageait, comme maintenant, pour ses affaires, ou pour faire du commerce, collecter de l'argent ou en prêter, il n'avait aucun doute quant à la façon dont sa maison était dirigée. Rebekka et ses deux aides étaient aussi fiables que le lever du soleil et elles étaient fortes comme des piliers. Par ailleurs, le temps et la santé étaient de leur côté. Il était sûr qu'elle allait porter d'autres enfants et qu'au moins un, un garçon, vivrait et prospérerait.

Le dessert, de la compote de pommes et des noix de pécan, fut une amélioration, et lorsqu'il accompagna D'Ortega pour le tour du propriétaire impossible à refuser, son humeur s'était légèrement allégée, assez pour admirer sincèrement le domaine. La brume s'était levée et il put voir en détail la qualité du travail et le soin apportés aux séchoirs à tabac, aux chariots, aux innombrables rangées de fûts – le tout bien en ordre et en bon état –, le saloir bien conçu, la laiterie, la buanderie, la cuisine. Tous les bâtiments, sauf cette dernière, étaient chaulés et juste un peu plus petits que les quartiers des esclaves, mais, contrairement à ceux-là, en excellent état. L'objet, le but de la rencontre n'avait pas encore été approché. D'Ortega avait décrit avec une attention portée aux détails les plus infimes les accidents qu'il n'avait pu prévenir et qui le mettaient dans l'incapacité de payer ce qu'il devait. Mais la façon dont Jacob serait remboursé n'avait pas été évoquée. À la vue des feuilles de tabac piquetées et mangées par les insectes, ce que D'Ortega pouvait encore avoir à offrir devint évident. Des esclaves.

Jacob refusa. Sa ferme était modeste ; il n'avait besoin que de lui-même pour mener ses affaires. Non seulement il n'avait pas d'endroit où les mettre, mais il n'aurait su les occuper.

« Ridicule, dit D'Ortega. Vous les vendez. Vous savez jusqu'où ça peut monter ? »

Jacob grimaça. Il ne donnait pas dans le commerce de la chair.

Malgré cela, devant l'insistance de son hôte, il le suivit jusqu'aux petits abris où D'Ortega interrompit leur demi-journée de repos et ordonna à un peu plus de deux douzaines d'entre eux de s'assembler en ligne droite, y compris le garçonnet qui avait donné à boire à Regina. Les deux hommes avancèrent le long de la rangée, et la passèrent en revue. D'Ortega signala les talents, les faiblesses et les possibilités, mais ne dit mot des cicatrices, des blessures qui striaient leur peau comme des veines mal placées. L'un d'eux portait même la brûlure au fer rouge sur le visage exigée par la loi lorsqu'un esclave agressait un homme blanc pour la deuxième fois. Les yeux des femmes semblaient impossibles à choquer, leurs regards se portaient au-delà du lieu et du moment, comme si elles n'étaient en fait pas là. Les hommes regardaient par terre. Sauf occasionnellement, lorsque cela était possible, lors-qu'ils pensaient qu'on n'était pas en train de les éva-luer, Jacob pouvait alors surprendre leurs rapides coups d'œil de côté, prudents, mais, surtout, des coups d'œil jugeant les hommes qui les jaugeaient.

Soudain Jacob sentit son estomac se serrer. L'odeur de tabac, si agréable quand il était arrivé, lui donnait maintenant la nausée. Ou peut-être était-ce le riz sucré, les abats de porc frits et dégoulinant de mélasse, ou le cacao dont Lady D'Ortega était si friande? Quoi que cela fût, il ne pouvait rester ici entouré de cette ribambelle d'esclaves dont le silence lui faisait penser à une avalanche vue de très loin. Aucun son, juste la certitude d'un rugissement qu'il ne pouvait entendre. Il s'excusa, disant que la proposition n'était pas acceptable – trop de problèmes de transport, de gestion, de revente; sa pratique solitaire et indépendante était ce qu'il aimait dans son métier. Les espèces, les lettres de crédit, les quittances, tout cela était transportable. Une sacoche suffisait à emporter tout ce dont il avait besoin. Ils repartirent vers la maison et passèrent par la porte latérale de la clôture ouvragée. D'Ortega ne cessa de pontifier tout ce temps. Il se chargerait de la vente. En livres? En couronnes espagnoles? Il s'occuperait aussi du transport, il embaucherait l'intermédiaire qui les exposerait.

L'estomac retourné, les narines attaquées, Jacob sentit monter la colère. C'est une vraie calamité, se dit-il. Si on ne trouvait pas de solution, cela allait mener à des années de poursuites judiciaires dans une province dirigée par les juges du roi peu enclins à favoriser un marchand venu de loin contre un gentilhomme catholique local. La perte, tout en n'étant pas irréparable, lui apparaissait comme impardonnable. Surtout venant d'un tel homme. Cette façon qu'avait eue D'Ortega de se pavaner lorsqu'ils avaient fait le tour du propriétaire l'avait dégoûté. De plus, il était persuadé que ce type de mâchoire, ces paupières tombantes, cachaient quelque chose de mou, tout comme les mains qui, habituées aux rênes, au fouet et à la dentelle, n'avaient jamais tenu une charrue ni abattu un arbre à la hache. Il y avait quelque chose en lui, au-delà du catholique, quelque chose de sordide et de pourri. Mais que pouvait-il faire? Jacob ressentait la honte due à sa position de faiblesse comme une souillure du sang. Pas étonnant qu'au pays ils aient été exclus du parlement, et bien qu'il ne pensât pas qu'ils devraient être pourchassés comme de la vermine, sauf pour affaires il ne voudrait jamais se lier ou socialiser avec le plus vil comme avec le plus noble d'entre eux. Écoutant à peine le bavardage de D'Ortega, un babil chafouin, indirect, et non pas droit et viril, Jacob s'approcha de la cuisine et vit une femme qui se tenait sur le seuil avec deux enfants. Le premier calé sur sa hanche, l'autre se cachant sous ses jupes. Elle paraissait en assez bonne santé, mieux nourrie que les autres. Impulsivement, avant tout pour le réduire au silence, et relativement sûr que D'Ortega allait refuser, il dit : « Elle. Celle-là. Je la prends. »

D'Ortega s'arrêta net, un air surpris sur le visage. « Ah, non, c'est impossible. Ma femme ne le permettra pas. Elle ne peut vivre sans elle. C'est notre première cuisinière, la meilleure. »

Jacob s'approcha encore un peu et, reconnaissant l'odeur de transpiration mêlée à celle du clou de girofle, il soupçonna que D'Ortega risquait là de perdre bien plus qu'une cuisinière.

« Vous m'avez dit : "ceux que vous voulez". Si votre parole ne compte pas, il ne nous reste plus que la justice. »

D'Ortega leva un sourcil, juste un, comme si sur cette courbe reposait tout un empire. Jacob savait qu'il luttait contre cette impertinente menace venue d'un inférieur, mais il avait dû se dire qu'il valait mieux ne pas rendre l'insulte par l'insulte. Il voulait désespérément que cette affaire se conclue rapidement, et à sa façon.

« Oui, c'est vrai, dit D'Ortega, mais il y a d'autres femmes, ici. Bien d'autres. Vous les avez vues. Et en plus celle-ci allaite.

— La justice, donc », dit Jacob.

D'Ortega sourit. Un procès se résoudrait certainement en sa faveur et le temps perdu pour ce faire le serait à son avantage.

« Vous me surprenez », dit-il.

Jacob refusait de faire marche arrière.

« Peut-être qu'un autre prêteur serait plus à votre convenance », dit-il en s'amusant à la vue de la narine palpitante qui lui faisait comprendre qu'il avait frappé juste.

D'Ortega était connu pour des dettes non payées et devait chercher bien au-delà du Maryland pour trouver un agent dans la mesure où il avait épuisé ses amis et où les prêteurs locaux refusaient ce qu'ils savaient mener inévitablement à la créance. L'air s'épaissit.

« Vous ne semblez pas comprendre mon offre. Je ne me dérobe pas à ma dette. Je l'honore, en fait. La valeur d'une esclave bien rompue est bien supérieure à ce qui est dû.

— Pas si je n'en ai pas l'usage.

— Pas l'usage ? Mais vendez-la !

— Moi, je vends des biens et de l'or, monsieur, dit Jacob Vaark, propriétaire terrien. Mais je comprends que ce doit être bien difficile pour un papiste de s'accommoder de certaines contraintes », ne put-il s'empêcher d'ajouter.

Trop subtil ? se demanda Jacob. Pas du tout, apparemment, car la main de D'Ortega se déplaça vers sa hanche. Les yeux de Jacob suivirent le mouvement, tandis que les doigts bagués se repliaient sur un fourreau. Allait-il le faire ? Est-ce que ce muscadin faisandé et arrogant allait vraiment attaquer son créancier, le tuer et, en invoquant l'autodéfense, ou ses prérogatives, se débarrasser à la fois de la dette et de l'insulte sociale, même si cela signifiait un désastre financier total, dans la mesure où ses coffres étaient aussi vides que son fourreau ? Les doigts mous cherchèrent à tâtons la lame absente. Jacob leva les yeux vers ceux de D'Ortega, remarquant la couardise de ces gentilshommes non armés lorsqu'ils se trouvaient face à un homme du peuple. Ici même, dans ces terres sauvages, totalement dépendants de gardes payés qui n'étaient nulle part en vue en ce dimanche. Il eut envie de rire. Où, sauf en cet univers désorganisé, une telle rencontre serait-elle possible ? Où, sinon ici, le rang tremblerait-il devant le courage ? Jacob se détourna, laissant son dos exposé et vulnérable exprimer son mépris. C'était un moment curieux. En même temps que ce dédain, il ressentait une vague d'exaltation. Puissante. Régulière. Un glissement intérieur, du négociateur prudent au jeune garçon vif qui arpentait jadis les ruelles de la ville et la campagne. Il ne tenta même pas de réprimer son ricanement en passant devant la cuisine et en jetant un nouveau coup d'œil à la femme qui se tenait toujours sur le seuil.

Juste à ce moment-là, la petite fille sortit des jupes de sa mère. Elle avait aux pieds une paire de chaussures de femme bien trop grandes pour elle. Ce fut peut-être cette impression de licence, une

insouciance nouvellement retrouvée accompagnant
la vue de ces deux petites jambes surgissant comme
deux ronces des souliers abîmés et brisés, qui le fit
rire. Un rire sonore qui lui souleva la poitrine devant
la comédie, devant l'irritation irrépressible, de cette
visite. Son rire ne s'était pas encore apaisé lorsque
la femme qui tenait le petit garçon blotti contre sa
hanche s'avança. Sa voix était à peine plus qu'un
murmure, mais il était impossible de se tromper sur
son caractère pressant.

« Je vous en prie, Senhor. Pas moi. Prenez-la. Prenez
ma fille. »

Jacob détourna les yeux des pieds de l'enfant pour
les lever vers elle, la bouche toujours grande ouverte de
rire, et il fut alors frappé par la terreur qu'il lut dans
son regard. Son rire s'étouffa en un grincement, et il
secoua la tête, en se disant : Que Dieu me vienne en
aide si ce n'est pas là la plus misérable des affaires.

« Mais oui, mais bien sûr, dit D'Ortega en éva-
cuant sa gêne de l'instant précédent et en tentant
de retrouver sa dignité. Je vous la ferai parvenir.
Immédiatement. »

Ses yeux s'ouvrirent plus grands, tout comme son
sourire condescendant s'élargit, bien qu'il parût toujours très agité.

« Ma réponse est ferme », dit Jacob, en pensant : Je
dois m'éloigner de ce semblant d'homme.

Mais il se dit aussi que Rebekka serait sans doute
contente d'accueillir une enfant à la maison. Celle-ci,
qui nageait dans ces horribles chaussures, semblait
avoir le même âge que Patrician, et si elle recevait le
coup de sabot d'une jument, la perte ne bouleverserait
pas autant Rebekka.

« Il y a un prêtre, ici, continua D'Ortega. Il peut l'accompagner jusque chez vous. Je leur ferai prendre un bateau vers n'importe quel port de la côte à votre convenance…

— Non. J'ai dit non. »

Soudain, la femme au parfum de clou de girofle s'agenouilla et ferma les yeux.

Ils rédigèrent de nouveaux documents, s'accordant sur le fait que la fillette valait vingt pièces de huit, en considérant le nombre d'années devant elle et en équilibrant la balance des comptes par trois ballots de tabac ou quinze livres anglaises, avec une préférence pour ces dernières. La tension s'allégea, en tout cas visiblement sur le visage de D'Ortega. Impatient de s'en aller et de retrouver la bonne opinion qu'il avait de lui-même, Jacob fit de brusques adieux à Maîtresse D'Ortega, aux deux garçons et à leur père. En route vers l'étroite piste, il fit tourner Regina, adressa un signe de la main au couple et une fois de plus, malgré lui, envia la maison, le portail, la clôture. Pour la première fois, il n'avait pas rusé, ni flatté, ni manipulé, mais avait affronté face à face un riche planteur. Il se rendait compte, et ce n'était pas nouveau, que seuls des objets, mais ni le lignage ni la personnalité, les séparaient. Et donc ne serait-ce pas agréable d'avoir une telle clôture pour entourer les pierres tombales de sa prairie ? Et un jour, pas trop lointain, de bâtir une maison de cette dimension sur ses terres ? Sur le tertre, au fond du domaine, avec une plus belle vue sur les collines et la vallée qui les séparait ? Pas une maison aussi ornementée que celle de D'Ortega. Pas de ces excès païens, bien sûr, mais une belle maison. Pure, noble même, parce qu'elle ne serait pas aussi compromise que

la plantation *Jublio*. L'accès à une main-d'œuvre gra-
tuite rendait possible la vie oisive de D'Ortega. Sans sa
cargaison d'Angolais asservis, il ne serait pas seulement
endetté ; il mangerait dans sa main et non dans de la
porcelaine et il dormirait dans le bush africain plutôt
que dans son lit à baldaquin. Jacob ricana avec mépris
en pensant à cette richesse qui dépendait d'une main-
d'œuvre capturée nécessitant d'autres bras pour la
contrôler. Aussi ténus qu'ils fussent, les reliquats de
son protestantisme répugnaient au fouet, aux chaînes
et aux intendants armés. Il était résolu à prouver que
son type de commerce pouvait amasser la fortune et
apporter la situation que D'Ortega revendiquait sans
toutefois troquer sa conscience contre de l'argent.

Il poussa l'allure de Regina. Le soleil était bas ; l'air
plus frais. Il avait hâte de retrouver la Virginie, sa côte,
de gagner la taverne de Pursey avant la nuit, de dormir
dans un lit s'ils n'étaient pas tous déjà occupés par trois
ou quatre dormeurs. Dans ce cas, il se joindrait aux
autres clients et s'allongerait sur n'importe quelle
surface. Mais d'abord, il prendrait une, peut-être
deux chopines de bière, dont le goût clair et amer
contribuerait bien à éliminer la pourriture douceâtre
du vice et du tabac gâté qui semblait encore lui recouvrir la langue. Jacob rendit Regina au loueur, le paya
et marcha sur le quai, vers la taverne de Pursey. En
chemin, il croisa un homme qui battait un cheval à
genoux. Avant qu'il ait le temps d'ouvrir la bouche
pour crier, des marins chahuteurs écartèrent l'homme
et le forcèrent à se mettre lui-même à genoux dans la
boue. Peu de choses mettaient davantage Jacob en
colère qu'un traitement brutal infligé à des animaux
domestiques. Il ne savait pas ce qui avait pu contrarier

les marins, et sa propre fureur n'était pas seulement due à la douleur subie par le cheval, mais aussi à la reddition muette et soumise qui brillait dans les yeux de l'animal.

La taverne était fermée le dimanche, comme il aurait dû le savoir, il se rendit donc dans un établissement qui était toujours ouvert. Grossier, illégal et servant surtout de rudes gaillards, l'endroit offrait néanmoins une bonne nourriture en abondance et la viande n'était jamais avariée. Il en était à son second verre de bière, quand un violoniste et un joueur de flûte entrèrent, pour le divertissement des clients et pour leur argent, et, le flûtiste jouant encore moins bien que lui-même, cela égaya suffisamment Jacob pour qu'il ait envie de chanter avec eux. Lorsque deux femmes apparurent, les hommes crièrent leur nom avec une jubilation alcoolisée. Les ribaudes hésitèrent un peu avant de choisir les genoux sur lesquels elles allaient s'asseoir. Jacob rechigna quand il se trouva approché par elles. Il avait eu sa part, il y avait bien longtemps, des bordels et des maisons dissolues tenus par les épouses de marins partis en mer. L'insouciance juvénile qui l'avait inondé à *Jublio* ne s'étendait pas à la douce débauche qu'il avait recherchée étant jeune.

Assis à une table encombrée des reliefs de repas précédents, il écouta les conversations, autour de lui, qui tournaient surtout sur le sucre, et donc sur le rhum. Le prix et la demande devenant plus importants que ceux du tabac, cet excès ruinait le marché. L'homme qui semblait en savoir le plus sur le tue-diable, sur les simples mécanismes de sa production, sur ses prix scandaleux et ses effets bénéfiques, se donnait à voir avec toute l'autorité d'un maire.

Costaud, le visage marqué par la vérole, il possédait l'aura de celui qui a voyagé dans des contrées exotiques et les yeux de qui n'est pas habitué à regarder les choses qui se trouvent tout près de son visage. Downes était son nom. Peter Downes. Un garçonnet noir avait été appelé et il apportait maintenant six chopes, en en tenant trois par les anses dans chaque main, qu'il posa sur la table. Cinq hommes s'en emparèrent et avalèrent rapidement leur bière. Downes aussi, mais il recracha la première gorgée par terre, en expliquant à la compagnie qu'il s'agissait là à la fois d'une offrande et d'une protection contre le poison.

« Comment ça ? demanda quelqu'un. Le poison peut très bien se trouver au fond.

— Jamais, dit Downes. Le poison, c'est comme les noyés, ça flotte toujours. »

Parmi les rires, Jacob rejoignit les hommes assis à cette table et écouta les histoires fascinantes de Downes, se terminant toutes sur une description hilarante de la taille des seins des femmes de La Barbade.

« J'ai jadis songé à m'installer là-bas, dit Jacob. À part les poitrines, c'est comment ?

— Comme une catin. Lascive et fatale, dit Downes.

— Ce qui veut dire ? »

Downes s'essuya la lèvre de sa manche. « Ce qui veut dire que tout est abondant et mûr, sauf la vie. La vie, elle est rare et courte. Six mois, dix-huit mois et… » Il fit un signe d'adieu de la main.

« Comment ils s'en sortent ? Ce doit être un chaos permanent. »

Jacob imaginait la différence entre le travail bien contrôlé de *Jublio* et le désordre des plantations de canne à sucre.

« Pas du tout, sourit Downes. Ils en font venir d'autres. C'est comme du bois à brûler, ce qui devient cendre est réutilisé. Et puis n'oubliez pas, il y a les naissances. L'endroit est un creuset à mulâtres, créoles, zambos, mestizos, lobos, chinos et autres coyotes. »

Il touchait ses doigts avec son pouce tout en dressant cette liste des types produits à La Barbade.

« Mais le risque reste élevé, protesta Jacob. J'ai entendu parler de domaines entiers décimés par la maladie. Que se passera-t-il lorsque la main-d'œuvre diminuera et qu'il y en aura de moins en moins à transporter ?

— Pourquoi cela devrait-il diminuer ? dit Downes en étalant les mains comme s'il portait la quille d'un navire. Les Africains sont tout aussi intéressés à vendre des esclaves aux Hollandais qu'un planteur anglais à les acheter. C'est le rhum qui décide, qu'importe qui en fait le commerce. Les lois ? Quelles lois ? Regardez, continua-t-il, le Massachusetts a déjà tenté de mettre en place des lois contre la vente du rhum et il a échoué à arrêter la circulation de la moindre goutte. La vente de mélasse vers les colonies du Nord est plus forte que jamais. Y a plus de profit régulier là-dedans, plus que dans la fourrure, le tabac, ou le bois, plus que dans tout – sauf dans l'or, je dirais. Tant que la machine est alimentée, ça mijote dans les cuves et l'argent s'amasse. Le tue-diable, le sucre – il n'y en aura jamais assez. C'est un commerce pour les siècles à venir.

— Il n'empêche, dit Jacob, c'est un commerce dégradé. Et dur.

— Faut y penser comme ça. La fourrure, il faut la chasser, il faut tuer, dépecer, il faut la porter et sans doute se battre contre des indigènes pour les droits. Le tabac, il faut le faire pousser, le récolter, le faire sécher, l'empaqueter, le transporter, mais il faut surtout du temps et un sol toujours frais. Le sucre? Le rhum? La canne, ça pousse. Tu ne peux pas l'arrêter, le sol ne s'épuise jamais. Tu n'as qu'à la couper, la faire cuire, et l'envoyer par bateau. » Downes frappa dans ses mains.

« Aussi simple que cela?

— Plus ou moins. Mais la question n'est même pas là. Pas de perte d'investissement. Aucune. Jamais. Pas de récolte perdue. Pas de disparition de castors ou de renards. Pas de guerre qui s'en mêle. Des récoltes abondantes, éternellement. Même chose pour les esclaves. Les acheteurs, toujours plus demandeurs. Le produit, paradisiaque. En un mois, le temps d'un voyage de la fabrique à Boston, un homme peut transformer ses cinquante livres en cinq fois plus. Penses-y. Chaque mois, cinq fois l'investissement. Certain. »

Jacob fut obligé de rire. Il connaissait bien ces manières : le colporteur devenu contremaître éliminant toutes les hésitations et contrant tous les arguments par des promesses de bénéfices rapides. D'après les vêtements de Downes et son apparente réticence jusque-là à payer les bières, Jacob soupçonna qu'il n'avait pas encore empoché le profit facile dont il parlait.

Néanmoins, Jacob décida de se pencher sur la question.

Après un agréable repas d'huîtres, de veau, de pigeon, de navets et de pudding au saindoux qui lui revigora les papilles, il se réserva une place dans un lit occupé seulement par un autre homme et, tout en se promenant un peu au-dehors, repensa à cette journée décevante et à l'humiliation d'avoir accepté la fillette en paiement partiel. Il savait très bien qu'il ne recevrait jamais le moindre shilling de D'Ortega. Un jour, peut-être bientôt, les Stuart perdraient le trône, au grand soulagement de tous, et un protestant régnerait. Alors, songea-t-il, un procès contre D'Ortega réussirait et il ne serait plus forcé d'accepter une enfant en rembour-sement d'une partie de ce qui lui était dû. Il savait qu'il avait trouvé des excuses à ce marché en pensant que Rebekka serait contente de l'avoir, mais il y avait autre chose, en réalité. De sa propre enfance, il avait appris qu'il n'y avait rien de sûr dans le monde pour les orphelins et les enfants trouvés, à part la générosité des inconnus. Même s'ils étaient troqués, abandonnés, mis en apprentissage, vendus, échangés, séduits, dupés par de la nourriture, logés contre du travail ou volés, leur sort était moins tragique sous un contrôle adulte. Même s'ils importaient moins qu'une vache laitière pour un parent ou un maître, sans adulte ils cou-raient encore plus de risques de mourir de froid sur des marches de pierre, de se retrouver à flotter sur le ventre dans un canal, ou d'être rejetés sur des plages ou des récifs. Il se refusait à être sentimental à propos de son propre statut d'orphelin, ou de ces années passées avec des enfants de toutes couleurs, à voler de la nour-riture et à grappiller des récompenses contre de petites courses. Sa mère, lui avait-on dit, était une pauvre fille sans importance qui était morte en couches. Son père, qui venait d'Amsterdam, l'avait laissé avec un nom facile à railler et des motifs à une profonde suspicion. La honte que les Hollandais avaient déversée sur les Anglais se retrouvait partout, surtout durant le séjour qu'il fit dans un hospice d'indigents, avant d'avoir la chance d'être engagé comme garçon de courses dans un cabinet d'avocats. Il fallait savoir lire pour ce travail, et cela lui permit ensuite de se faire embaucher par la Compagnie. La terre dont il hérita adoucit le chagrin d'être à la fois mal né et rejeté. Il continua pourtant à nourrir un dérangeant élan de pitié pour les orphelins et les enfants trouvés, se souvenant fort bien du temps où lui et eux fourmillaient tristement sur les marchés, dans les ruelles, dans les allées, et dans les ports de toutes les régions qu'il traversait. Avant, il trouvait difficile de refuser, lorsqu'on le suppliait de sauver un enfant trouvé ou non désiré. Une dizaine d'années plus tôt, un bûcheron lui avait demandé de le débarrasser d'une fillette triste aux cheveux bouclés qu'il avait trouvée à moitié morte au bord d'un fleuve. Jacob avait accepté, à condition que le bûcheron oublie le prix du bois qu'il était justement en train d'acheter. Contrairement à maintenant, à cette époque-là, sa ferme nécessitait vraiment plus de main-d'œuvre. Rebekka était alors enceinte, mais aucun des garçons nés précédemment n'avait survécu. Sa ferme consistait en soixante acres cultivées, sur cent vingt acres de forêt situées à quelque sept miles d'un village fondé par des séparatistes. La propriété était restée inexploitée pendant des années, depuis le moment où les Hollandais (sauf les puissants et les riches) avaient quitté la région ou en avaient été chassés en très grand nombre. L'endroit était encore peu peuplé, à part les séparatistes. Jacob avait vite appris que ces derniers s'étaient brouillés avec leurs frères sur la question de l'élection, par opposition à une conception de la nature universelle du salut. Ses voisins étaient partisans de l'élection et s'étaient installés dans des terres situées au-delà des avant-postes de trappeurs et des lieux de conflits. Lorsque Jacob, petit négociant pour la Compagnie donnant accessoirement dans la fourrure et dans le bois, se trouva soudain hériter, il se réjouit à la pensée de devenir un propriétaire et un fermier indépendant. Il ne changea pas d'avis sur la question. Il fit ce qui était nécessaire : il se trouva une femme, quelqu'un pour aider cette dernière, il planta, bâtit, devint père… Il avait simplement ajouté à tout cela la vie de marchand. Sinon, il aurait dû se contenter de la stable existence de la ferme et des contacts avec des gens dont la religion le laissait pantois, même si la distance de sept miles rendait leur blasphème antianglican peu important. Pourtant, cette terre appartenait à un voyageur qui savait très bien qu'il n'était pas très sage d'avoir de la main-d'œuvre masculine à la maison durant ses longues absences. Sa préférence pour une main-d'œuvre féminine fiable au lieu de mâles louches se fondait sur l'expérience qu'il avait acquise dans sa jeunesse. Un maître fréquemment absent était une invitation et une tentation – à l'évasion, au viol ou au vol. Les deux hommes qu'il embauchait comme aides occasionnels ne représentaient aucune menace. Dans le bon environnement, les femmes étaient naturellement fiables. Il le croyait encore maintenant face à cette fillette mal chaussée que sa mère abandonnait, tout comme il l'avait cru dix ans plus tôt avec la petite gardienne d'oies aux cheveux bouclés, celle qu'ils appelaient Sorrow. Et ces deux acquisitions pouvaient être considérées comme deux sauvetages. Seule Lina avait été réellement et délibérément achetée, mais c'était une femme, pas une enfant.

Poursuivant sa marche dans l'air chaud de la nuit, il alla aussi loin que possible, jusqu'à ce que les lumières de la taverne ne soient plus que des gemmes luttant contre l'obscurité et que les voix bruyantes des hommes se perdent dans le bruissement soyeux des vagues. Le ciel avait complètement oublié son embrasement matinal et était paré d'étoiles lointaines posées sur une toile aussi sombre et lisse que la robe de Regina. Il regarda les taches de lumière d'étoiles parsemées sur l'eau, puis se baissa pour y plonger les mains. Le sable glissa sous ses paumes ; de toutes petites vagues naissantes vinrent mourir sur ses poignets et tremper le bas de ses manches de chemise. Petit à petit, les restes de la journée disparurent dans l'eau, y compris les dernières traces de sang du raton laveur. Sur le chemin du retour vers l'auberge, rien ne vint plus le gêner. Il y avait bien la chaleur, certes, mais aucun brouillard, or ou gris, pour entraver sa marche. Par ailleurs, un plan se mettait en place. Il connaissait fort bien ses failles en tant que fermier – en fait, l'ennui que lui causaient l'immobilité et la routine – et avait trouvé le commerce plus à son goût. Il caressait maintenant l'idée d'une entreprise encore plus satisfaisante. Et le plan était aussi doux que le sucre sur lequel elle se fondait. Et il y avait bel et bien une profonde différence entre la proximité intime des corps des esclaves à *Jublio* et une main-d'œuvre lointaine à La Barbade. Pas vrai ? Vrai, se disait-il, en regardant ce ciel vulgaire de trop d'étoiles. Clair et vrai. L'argent qui brillait là-bas n'était pas du tout inatteignable. Et ce large ruban de crème qui se déversait des étoiles était là pour qu'il le goûte.

La chaleur était encore pressante, son partenaire de lit trop remuant, mais il dormit assez bien. Probablement parce que ses rêves faisaient surgir une maison grandiose aux nombreuses pièces se dressant sur une colline au-dessus du brouillard.

Depuis que tu es parti sans dire adieu, l'été passe, puis l'automne, et avec le déclin de l'hiver la maladie revient. Pas comme avant avec Sorrow mais maintenant c'est Sir. Depuis son dernier retour il est différent, lent et difficile à contenter. Il est cassant avec Mistress. Il transpire et réclame tout le temps du cidre et personne ne croit que ses cloques soient causées par la même maladie que celle de Sorrow. Il vomit la nuit et jure dans la journée. Ensuite il est trop faible pour faire l'un ou l'autre. Il nous rappelle qu'il a choisi des aides, dont je fais partie, qui ont survécu à la rougeole, alors comment cela peut-il lui arriver ? Il ne peut s'empêcher de nous envier notre santé et de sentir que sa nouvelle maison est une imposture. Je peux te dire qu'elle n'est pas encore terminée même si ton travail de ferronnerie est merveilleux à voir. Les cobras scintillants s'embrassent toujours sur la couronne du portail. La maison est imposante, elle n'attend plus qu'un vitrier. Sir veut y être emmené même s'il n'y a encore aucun meuble. Il dit à Mistress de se dépêcher, de se dépêcher sans s'occuper des pluies de printemps qui tombent pendant des jours. La maladie altère son esprit tout autant que son visage. Will et Scully sont partis et lorsque nous les femmes nous le portons dans la maison en tenant chacune le coin d'une couverture, il dort la bouche grande ouverte et ne se réveille absolument pas. Ni Mistress ni nous ne savons s'il est encore vivant, même une seule minute encore, pour pouvoir sentir les nouveaux sols de merisier sur lesquels il repose. Nous sommes seules. Personne à part nous pour préparer ou pleurer Sir. Will et Scully doivent revenir en douce creuser la tombe. On leur a demandé de rester au loin. Je ne crois pas qu'ils le souhaitent. Je crois que leur maître l'exige, à cause de la maladie. Le diacre ne vient même pas alors que c'est un ami qui aime bien Sorrow. Aucun membre de la congrégation ne vient plus non plus. Il n'empêche, nous ne prononçons pas le mot avant de l'avoir enterré auprès de ses enfants et avant que Mistress remarque deux cloques dans sa propre bouche. C'est à ce moment-là que nous commençons à en parler à voix basse. La variole. Après qu'on en parle, le matin suivant, aux deux cloques sur sa langue s'en ajoutent vingt-trois autres sur son visage. Vingt-cinq en tout. Elle veut que tu viennes, tout autant que je le voudrais. Elle, c'est pour lui sauver la vie. Moi, c'est pour avoir une vie.

Tu ne sais probablement rien du tout de ce à quoi ton dos peut ressembler, quoi que le ciel puisse contenir : le soleil, ou le lever de la lune. C'est là que je repose. Ma main, mes yeux, ma bouche. La première fois que je le vois, tu es en train de nourrir le feu avec un soufflet. Le brillant de l'eau glisse le long de ta colonne vertébrale et je me choque moi-même de me rendre compte que je voudrais bien la lécher. Je cours me réfugier dans l'étable pour tenter d'arrêter ce qui se produit en moi. Rien n'y fait. Il n'y a que toi. Rien en

dehors de toi. Mes yeux et non mon estomac sont la
partie affamée de mon être. Il n'y aura jamais assez de
temps pour regarder comment tu bouges. Ton bras se
lève pour frapper le fer. Tu te baisses sur un genou. Tu
te penches. Tu t'arrêtes pour verser de l'eau, tout
d'abord sur le fer et ensuite dans ta gorge. Mais avant
que tu saches que je fais partie de ce monde, je suis déjà
tuée par toi. Ma bouche est ouverte, mes jambes sont
molles et mon cœur est tendu à se rompre.

La nuit vient et je vole une chandelle. Je porte une
braise dans un bol pour l'allumer. Pour voir davantage
de toi. Lorsque c'est allumé, je protège la flamme de
ma main. Je te regarde dormir. Je regarde trop longtemps. Je suis imprudente. La flamme me brûle la
paume. Je pense que si tu te réveilles et que tu me vois
te regarder, je vais mourir. Je m'enfuis en courant, ne
sachant pas alors que tu me vois bien te regarder. Et
lorsque enfin nos regards se rencontrent, je ne meurs
pas. Pour la première fois je suis en vie.

Lina, nerveuse comme un saumon fraîchement
attrapé, attend avec moi dans le village. Le chariot des
frères Ney n'arrive pas. Pendant des heures nous restons sur le côté de la route, d'abord debout, ensuite
assises. Un garçon et son chien conduisent des chèvres
et passent devant nous. Le garçon lève son chapeau.
C'est la première fois qu'un mâle fait cela à mon
intention. J'aime ça. Un bon signe, je me dis, mais
Lina me met en garde contre bien des choses, disant
que si tu n'es pas chez toi, je ne dois pas traîner. Je dois
rentrer tout de suite. Je ne sais pas tenir un cheval,
je dois donc m'assurer du retour avec le chariot du
lendemain, celui qui apporte le lait frais et les œufs au
marché. Des gens passent et regardent mais ils ne

parlent pas. Nous sommes des femmes, alors ils n'ont pas peur. Ils savent qui est Lina, mais pourtant ils regardent comme si nous leur étions inconnues. Nous attendons toujours, si longtemps que je ne peux plus garder mon pain et ma morue pour plus tard. Je mange tout le poisson. Lina se tient le front dans la main, son coude repose sur son genou. Il émane d'elle une mauvaise impression, je garde donc pour moi mes pensées sur le chapeau du chevrier.

Le vent est froid et annonce la neige. Enfin, le chariot arrive. Je grimpe. Le cocher m'aide, garde la main longuement plaquée sur mon dos. Je me sens honteuse. Nous sommes sept, sans compter les frères Ney, et les chevaux ne sont pas les seuls que des flocons au printemps rendent nerveux. Leurs flancs tremblent, ils secouent leurs crinières. Nous sommes tout aussi nerveux mais restons assis tranquillement tandis que tombent les flocons qui se collent à nos châles et à nos chapeaux, qui sucrent nos cils et farinent les barbes laineuses des hommes. Deux femmes font face au vent qui fouette leurs cheveux fins comme des soies de maïs, leurs yeux sont des fentes brillantes. Une autre se couvre la bouche de son manteau et s'appuie contre un homme. Un jeune garçon à queue-de-cheval jaune est assis sur le sol du chariot, les mains croisées sur ses chevilles. Lui et moi sommes les seuls sans nattes ni couvertures pour recouvrir nos pieds.

Une soudaine chute de neige sur de tendres feuilles est un joli spectacle. La neige tiendra peut-être assez longtemps par terre pour qu'il soit facile de pister les animaux. Les hommes sont toujours heureux dans la neige, où tuer devient très aisé. Sir dit qu'on ne peut pas mourir de faim s'il y a de la neige. Ni au printemps, parce que avant même que les baies soient là et que les légumes soient prêts à être mangés, la rivière regorge d'alevins et l'air d'oiseaux. Mais cette neige ne durera pas, même si elle est lourde, humide et épaisse. Je cache mes pieds sous ma robe, non pas pour la chaleur, mais pour protéger la lettre. Je serre sur mes genoux le tissu qui enveloppe mon pain.

Mistress me fait apprendre par cœur le chemin pour aller jusqu'à toi. Je dois prendre la voiture des frères Ney au matin quand elle part vers le nord sur la route de la malle-poste. Après un arrêt à une taverne, le chariot arrivera à un endroit qu'elle appelle Hartkill juste après midi, et je descendrai là. Je dois partir à pied sur la gauche, vers l'ouest sur la piste des Abenaki, que je reconnaîtrai au jeune arbre plié jusqu'au sol dont une branche s'élance vers le ciel. Mais le chariot des frères Ney est trop en retard. Quand je monte enfin pour prendre place au fond derrière les autres, c'est déjà la fin de l'après-midi. Les autres ne me demandent pas où je vais, mais au bout d'un moment se plaisent à évoquer à voix basse où ils ont jadis vécu. Près de la mer, disent les femmes ; elles récurent les bateaux, les hommes les calfatent et réparent les docks. Ils sont certains que leurs années d'endettement sont terminées mais le maître dit que non. Il les envoie au loin, au nord, vers un autre endroit, une tannerie, pour plusieurs années supplémentaires. Je ne comprends pas pourquoi ils sont tristes. Tout le monde doit travailler. Je demande : Vous laissez derrière vous quelqu'un de cher ? Toutes les têtes se tournent vers moi et le vent meurt. Cinglée, dit un homme. Une femme installée en face de moi dit : Jeune. L'homme dit : C'est pareil. Une autre femme élève la voix pour dire : Laissez-la tranquille. Trop fort. On se calme, derrière, crie le cocher. Celui qui dit que je suis cinglée se penche pour se gratter la cheville, il se gratte un long moment pendant que les autres toussent et frottent leurs chaussures contre le fond du chariot comme pour braver l'ordre du conducteur. La femme assise à côté de moi murmure : Il n'y a pas de cercueils dans les tanneries, juste une mort rapide dans l'acide.

La taverne a besoin d'être éclairée quand nous y arrivons. Tout d'abord, je ne la vois pas, mais quelqu'un la montre du doigt et alors nous l'apercevons tous. Une lumière qui clignote dans les arbres. Les frères Ney entrent. Nous attendons. Ils sortent pour abreuver les chevaux et nous-mêmes, puis entrent à nouveau. Après cela il y a une fois encore des bruits de dispute. Je baisse les yeux et vois la corde tomber de leurs chevilles et glisser sur le fond du chariot. Il cesse de neiger et le soleil est parti. Silencieusement, très silencieusement, les six descendent, les hommes prennent les femmes dans leurs bras. Le garçon saute sans aide. Les trois femmes me font signe. Mon cœur se soulève et je me laisse également tomber à terre. Ils s'éloignent dans la direction d'où nous venons, avançant du mieux qu'ils le peuvent vers l'abri offert par les arbres sur le bord de la route, vers des endroits où il y a peu de neige. Je ne les suis pas. Je ne peux pas non plus rester dans le chariot. Une pierre froide m'alourdit la poitrine. Je n'ai pas besoin de Lina pour m'avertir que je ne dois pas rester seule avec des hommes inconnus aux mains qui traînent, lorsqu'ils découvriront, pris de boisson et furieux, que leur cargaison est perdue. Je dois choisir vite. Je te choisis. Je pars vers l'ouest dans les arbres. Tout ce que je veux c'est l'ouest.

Toi. Tes paroles. Le remède que tu connais et qui gué-
rira Mistress. Tu vas entendre ce que j'ai à dire et tu
reviendras avec moi. Il me suffit d'aller vers l'ouest.
Un jour? Deux nuits?

J'avance entre les châtaigniers qui bordent la route.
Certains qui montrent déjà des feuilles retiennent leur
souffle jusqu'à ce que la neige fonde. Les plus stupides
laissent leurs bourgeons tomber par terre comme des
pois secs. Je me dirige vers le nord là où le jeune arbre
se courbe vers le sol avec sa branche qui s'élance vers
le ciel. Puis l'ouest, jusqu'à toi. Je me dépêche pour
gagner du terrain avant que la nuit tombe. Le paysage
est en pente abrupte et je n'ai pas d'autre choix que de
descendre aussi. Malgré tous mes efforts je perds la
route. Les feuilles des arbres sont trop jeunes pour
offrir un abri, si bien que partout le sol est détrempé de
neige, et mes pas glissent et créent des flaques. Le ciel a
la couleur des groseilles à maquereau. Puis-je aller plus
loin? je me demande. Le devrais-je? Deux lièvres se
figent avant de s'enfuir en bondissant. Je ne sais pas
comment lire ça. J'entends de l'eau couler et avance
dans le noir vers ce bruit. Le clair de lune est jeune. Je
tends un bras devant moi et progresse doucement pour
ne pas trébucher et tomber. Mais le bruit vient des
sapins qui dégouttent, il n'y a ni torrent ni ruisseau. Je
fais une coupe de ma main pour avaler un peu de neige
tombée. Je n'entends pas les pattes ni ne vois la silhouette. C'est l'odeur de la fourrure mouillée qui
m'arrête. Si je sens, on me sent aussi, parce qu'il n'y a
plus rien d'odorant dans mon torchon à nourriture,
juste du pain. Je ne saurais dire si c'est plus grand ou
plus petit que moi ni si c'est seul ou pas. Je décide
de rester immobile. Je ne l'entends pas partir mais

l'odeur finit par s'évanouir. Je crois qu'il vaut mieux grimper dans un arbre. Les vieux pins sont très grands. N'importe lequel offrira un bon abri même s'il m'écorche et lutte contre moi. Ses branches ploient mais ne se brisent pas sous mon poids. Je me cache de tout ce qui peut ramper et me traquer. Je sais que je ne m'endormirai pas parce que la peur est trop forte. Les branches craquent et plient. Mon plan pour cette nuit n'est pas bon. J'ai besoin que Lina m'explique comment m'abriter dans la forêt sauvage.

Lina, nullement impressionnée par l'humeur festive ni par la satisfaction agitée de tous ceux qui étaient impliqués, avait refusé d'entrer ou même d'approcher. Cette troisième et probablement ultime maison que Sir avait tenu à faire construire bloquait le soleil et avait nécessité la mort d'une cinquantaine d'arbres. Et maintenant qu'il y était mort, il allait en hanter les pièces pour toujours. La première maison que Sir avait bâtie – sol de terre battue, bois vert – était plus fragile que celle recouverte d'écorce dans laquelle elle était née. La deuxième était plus solide. Il abattit la première pour poser du parquet dans les quatre pièces de la deuxième, avec une cheminée digne de ce nom et des fenêtres aux bons volets qui se fermaient bien. Il n'y avait aucun besoin d'une troisième maison. Pourtant, au moment même où il n'y avait plus d'enfants pour l'occuper ou pour en hériter, il entendait en bâtir une autre, plus grande, à un étage, clôturée, avec un portail, comme celle qu'il avait vue lors d'un de ses voyages. Mistress avait soupiré et avait confié à Lina qu'au moins les travaux le retiendraient davantage sur le domaine.

« Le commerce et les voyages emplissent ses poches, avait-elle dit, mais il était content d'être fermier quand nous nous sommes mariés. Maintenant... »

Sa voix s'évanouit derrière les plumes d'un cygne qu'elle arrachait vivement.

Durant la construction, cela dit, Mistress ne put s'empêcher d'avoir constamment le sourire aux lèvres. Comme tout le monde, Willard, Scully, les ouvriers embauchés, les livreurs, elle était heureuse, et elle cuisinait comme en temps de moisson. La stupide Sorrow restait bouche bée de plaisir ; le forgeron riait ; Florens était aussi insouciante que fougère sous le vent. Quant à Sir, elle ne l'avait jamais vu de meilleure humeur. Pas même lors de la naissance de ses fils au destin tragique, ni avec le plaisir que lui apportait sa fille, ni même à la suite d'une affaire spécialement bien menée dont il se vantait. Ce n'était pas un changement soudain, mais il n'en était pas moins profond. Ces quelques dernières années il avait paru soucieux, moins gentil, mais après avoir décidé de tuer les arbres pour les remplacer par un monument profane à lui-même, il fut heureux à chaque instant.

Tuer des arbres en aussi grand nombre, sans leur demander la permission, certainement que ses efforts allaient réveiller la mauvaise fortune. Et bien sûr, lorsque la maison fut presque terminée, il tomba malade, n'ayant plus rien d'autre pour lui occuper l'esprit. Il laissait Lina perplexe. Comme tous les Européens. Jadis, ils la terrifiaient, puis ils l'avaient sauvée. Maintenant ils ne faisaient que l'étonner. Pourquoi, se demandait-elle, Mistress avait-elle envoyé une fille abêtie d'amour chercher le forgeron ? Pourquoi ne pas rabattre un peu sa fierté et aller quérir un des anabap-

tistes? Le diacre serait plus que désireux de venir.
Pauvre Florens, se dit Lina. Si elle n'est ni volée ni
tuée, si elle le trouve sans problème, elle ne reviendra
pas. Pourquoi le ferait-elle? Lina avait observé tout
d'abord avec un léger amusement, puis avec une
détresse grandissante la cour qui avait commencé le
matin même où le forgeron était venu travailler à cette
stupide maison de Sir. Florens était restée figée sur
place, comme une biche apeurée, lorsqu'il était descendu de cheval, qu'il avait soulevé son chapeau pour
demander si c'était bien ici, le domaine Vaark. Lina
avait pris son seau de lait dans l'autre main pour montrer la colline. Mistress, qui guidait la génisse, avait fait
le tour de l'abri et lui avait demandé ce qui l'amenait,
et elle avait claqué la langue lorsqu'il lui avait répondu.

« Seigneur », avait-elle murmuré, puis elle avait
projeté la lèvre inférieure en avant pour souffler de
l'air vers son front. « Attendez un instant », avait-elle
ajouté.

Tandis que Mistress emmenait paître la vache, le
forgeron fixa son regard sur celui de Lina avant de
remettre son chapeau sur sa tête. Il ne regarda pas une
fois Florens qui se tenait tout près, le souffle coupé,
en agrippant le tabouret de traite des deux mains
comme pour aider la gravité à la maintenir au sol.
Elle aurait dû se douter de ce que les conséquences
allaient être, mais était persuadée que Sorrow, toujours
facile à avoir, attirerait vite l'attention de l'homme,
ce qui contrarierait l'entichement de Florens. Le fait
d'apprendre par Mistress qu'il était un homme libre
ne fit que redoubler son angoisse. Il avait des droits,
alors, et des privilèges, comme Sir. Il pouvait se marier,
posséder des choses, voyager, vendre son travail. Elle

aurait dû tout de suite voir venir le danger, à cause de son évidente arrogance. Lorsque Mistress revint, en se frottant les mains sur son tablier, il enleva une fois encore son chapeau, puis il fit quelque chose que Lina n'avait jamais vu un Africain faire : il regarda Mistress dans les yeux, baissant la tête car il était très grand, mais ses yeux obliques et jaunes comme ceux d'un bélier ne cillèrent jamais. Ce n'était donc pas vrai, ce qu'elle avait entendu dire ; que, pour eux, seuls les enfants et les êtres aimés pouvaient être regardés dans les yeux ; que pour tous les autres c'était un manque de respect ou une menace. Dans la ville où avait été conduite Lina, après la conflagration qui avait effacé son village de la carte, ce genre d'audace de la part d'un Africain constituait une raison légitime de coups de fouet. Une énigme incompréhensible. Les Européens pouvaient sans sourciller abattre des femmes d'un coup d'épée, faire exploser la tête des vieillards avec des mousquets en faisant plus de bruit que des cris d'orignal, mais ils se mettaient en rage si un non-Européen regardait un Européen dans les yeux. D'un côté, ils mettaient le feu à votre village ; de l'autre, ils vous nourrissaient, vous soignaient et vous bénissaient. Mieux valait les juger au coup par coup, la preuve étant que l'une d'entre eux pouvait, au moins, devenir votre amie, ce qui expliquait pourquoi elle dormait par terre à côté du lit de Mistress et montait la garde au cas où Sorrow s'approcherait ou encore au cas où Mistress aurait besoin de quelque chose.

Jadis, il y avait bien longtemps, si Lina avait été plus âgée ou initiée dans l'art des guérisseurs, elle aurait pu soulager la douleur de sa famille et de tous les autres qui se mouraient autour d'elle, gisant sur des nattes de jonc, lapant l'eau du lac, recroquevillés au bord des chemins dans le village et dans la forêt alentour, mais surtout déchirant des couvertures qu'ils ne pouvaient ni supporter ni abandonner. Les bébés se faisaient silencieux en premier, et alors même que leurs mères entassaient de la terre sur leurs os, elles aussi suaient à grosses gouttes et devenaient aussi molles que des soies de maïs. D'abord, ils avaient éloigné les corbeaux, elle et deux jeunes garçons, mais ils n'étaient pas de taille face aux oiseaux ni à l'odeur, et lorsque les loups arrivèrent, tous trois grimpèrent dans un hêtre, aussi haut qu'ils le purent. Ils restèrent là toute la nuit, à écouter les bruits de mâchoires, les feulements, les grognements, les luttes et, pire que tout, le calme des animaux enfin repus. À l'aube, aucun d'eux n'osa donner de nom aux morceaux arrachés à un corps ou abandonnés aux insectes. Vers midi, juste comme ils avaient décidé de courir jusqu'à l'un des canoës amarrés au bord du lac, des hommes en uniforme bleu arrivèrent, les visages enveloppés de chiffons. La nouvelle de la mort qui avait balayé son village s'était répandue. La joie de Lina, à l'idée d'être sauvée, s'effondra lorsque les soldats, ayant jeté un simple coup d'œil sur les corbeaux et les vautours se repaissant des cadavres éparpillés, tirèrent sur les loups avant d'isoler tout le village d'un cercle de feu. Tandis que s'enfuyaient les charognards, elle ne savait toujours pas s'il valait mieux rester cachée ou risquer d'être également abattue. Mais les garçons se mirent à hurler sur leurs branches jusqu'à ce que les hommes les entendent et les prennent tous les deux dans leurs bras pour les faire sauter au sol, tout en leur disant : « *Du calme,*

les petits, du calme*. » S'ils avaient peur que les petits
survivants pussent les contaminer, ils choisirent de
l'ignorer, en vrais soldats, peu désireux de massacrer de
jeunes enfants.

Elle ne sut jamais où ils avaient emmené les garçons,
mais elle-même fut emmenée vivre avec de gentils
presbytériens. Ils étaient contents de l'avoir avec eux,
disaient-ils, parce qu'ils admiraient les femmes indigènes qui, disaient-ils, travaillaient aussi dur qu'eux-
mêmes, mais ils méprisaient les hommes indigènes
qui se contentaient de pêcher et de chasser toute la
journée comme des gentilshommes. Comme des gentilshommes désargentés, à vrai dire, puisqu'ils ne pos-
sédaient rien, et certainement pas la terre sur laquelle
ils dormaient, préférant vivre comme des pauvres
patentés. Et dans la mesure où certains anciens de la
congrégation avaient entendu, voire vécu, d'horribles
histoires relatives à la colère de Dieu envers les oisifs et
les apostats – jetant la mort noire suivie d'un incendie
infernal sur la fière et blasphématrice cité de leur naissance –, ils ne pouvaient que prier pour que le peuple
de Lina comprenne avant de mourir que ce qui lui
était arrivé n'était que le signe de Son courroux : le
fléau contenu dans l'une des sept fioles, dont l'ultime
annoncerait Son arrivée et la naissance de la nouvelle
Jérusalem. Ils l'appelèrent Messalina, au cas où, mais
abrégèrent le nom en Lina pour signaler un petit éclair
d'espoir. Craignant de perdre son abri une fois de plus,
terrifiée à l'idée de se retrouver seule au monde, sans
famille, Lina accepta son statut de païenne et se laissa
purifier par ces bonnes âmes. Elle apprit ainsi que se
baigner nue dans la rivière était un péché ; que cueillir

---

* En français dans le texte original. (*N.d.T.*)

des cerises à un arbre ployant sous le poids des fruits était un vol ; que manger de la bouillie de maïs avec les doigts était pervers. Que Dieu haïssait l'oisiveté par-dessus tout et que, par conséquent, regarder dans le vide à la recherche d'un espace où pleurer une mère ou une amie revenait à encourir la damnation. Se recouvrir de peaux de bêtes offensait Dieu, ils brûlèrent donc sa robe en peau de cerf et lui en donnèrent une autre, faite de bon drap de laine. Ils lui enlevèrent les perles qui ornaient ses bras et lui coupèrent plusieurs centimètres de cheveux. Ils ne lui permettaient certes pas de les accompagner à aucun des services dominicaux auxquels ils assistaient, mais elle participait à leurs prières quotidiennes, avant le petit déjeuner, en milieu de matinée et dans la soirée. Céder, supplier, implorer ou prier à genoux ne servit pourtant à rien, parce que, en dépit de ses efforts acharnés, la Messalina tapie en elle émergea malgré tout et les presbytériens l'abandonnèrent sans même un murmure d'adieu.

Ce fut quelque temps plus tard, alors qu'elle balayait avec des branches le sol de terre battue chez Sir, en faisant bien attention d'éviter la poule qui couvait dans un coin, seule, pleine de colère et de chagrin, qu'elle décida de se rendre plus forte en rassemblant les fragments de ce que sa mère lui avait enseigné avant de mourir dans la souffrance. Se fiant à sa mémoire et à ses propres capacités, elle rafistola des rites négligés, mélangeant les remèdes européens et indigènes, les Saintes Écritures et le folklore, et retrouva ou inventa le sens caché des choses. Se trouva, en d'autres termes, une manière d'être dans le monde. Il n'y avait ni réconfort ni endroit pour elle dans le village ; Sir était à la fois là et pas là. La solitude l'aurait anéantie si elle ne s'était pas lancée dans le savoir-faire des ermites pour devenir une créature de plus à évoluer dans le monde naturel. Elle craillait avec les oiseaux, bavardait avec les plantes, parlait aux écureuils, chantait pour la vache et ouvrait la bouche pour recueillir l'eau de pluie. La honte d'avoir survécu à la destruction de toutes ses familles s'estompa lorsqu'elle fit le vœu de ne jamais trahir ni abandonner ceux qu'elle chérissait. Les souvenirs de son village habité par des morts se transformèrent lentement en cendres et, à leur place, une image unique apparut. Le feu. Si rapide. Qui dévora si délibérément ce qui avait été construit, ce qui avait été la vie. D'une certaine façon purificateur, et d'une beauté scandaleuse. Même devant un simple âtre, ou en soufflant sur une flamme pour faire bouillir de l'eau, elle ressentait un doux tiraillement d'agitation.

Attendant l'arrivée d'une épouse, Sir était un ouragan d'activité trimant pour placer la nature sous son contrôle. Plus d'une fois, quand Lina lui apporta son repas dans le champ ou le bois dans lequel il travaillait, elle le trouva, la tête rejetée en arrière, qui regardait fixement le ciel comme plongé dans un désespoir interrogateur quant au refus de la terre de se plier à sa volonté. Ensemble, ils s'occupèrent de la basse-cour et des premières têtes de bétail ; ils plantèrent le maïs et les légumes. Ce fut elle qui lui apprit comment sécher le poisson qu'ils prenaient, comment anticiper le frai et comment protéger une récolte des créatures nocturnes. Mais ni l'un ni l'autre ne savait que faire lorsqu'il pleuvait pendant deux semaines ou quand il ne tombait pas une goutte pendant cinquante-cinq jours. Ils étaient totalement démunis lorsque les mouches noires fondaient en longs rubans, accablant le bétail, ou le cheval, les forçant à se réfugier à l'intérieur. Lina ne savait pas grand-chose elle-même, mais elle savait en tout cas combien il était un piètre fermier. Elle était au moins capable de distinguer une mauvaise herbe d'une jeune pousse. Totalement dépourvu de patience, le sang vital de l'agriculture, et réticent à demander conseil auprès des villageois alentour, il n'était jamais préparé aux changements violents et moqueurs du climat, ni au fait que les prédateurs ordinaires ne savaient ni ne se souciaient de savoir à qui appartenait leur proie. Il ignora sa mise en garde contre l'utilisation d'aloses comme engrais et vit ses rangées de tendres légumes dévastées par des pillards que l'odeur avait attirés. Il refusait également de planter des courges au milieu du maïs. Même s'il reconnaissait que ces plantes grimpantes empêchaient les mauvaises herbes de pousser, il n'aimait pas l'aspect désordonné que cela donnait. Pourtant, il était doué avec les animaux et pour construire des choses.

C'était une vie aux récompenses rares. Sauf lorsque le temps se montrait dangereux, elle dormait avec la basse-cour jusqu'au moment où, juste avant l'arrivée de l'épouse, il érigea une étable en une seule journée. Durant tout ce temps Lina avait dû prononcer cinquante mots, à part « Oui, Sir ». La solitude, le regret et la fureur l'auraient détruite si elle n'avait pas effacé ces six années précédant la mort de son univers. La compagnie d'autres enfants, de mères industrieuses parées de beaux bijoux, le plan majestueux de la vie : quand partir, récolter, brûler, chasser ; les cérémonies de la mort, de la naissance et du culte. Elle tria et conserva ce dont elle osait se souvenir et élimina le reste, une activité qui la façonna intérieurement comme extérieurement. À l'arrivée de Mistress, son invention d'elle-même était presque achevée. Cette création fut vite irrésistible.

Lina plaça de petits galets magiques sous l'oreiller de Mistress ; elle préserva la fraîcheur de la chambre avec de la menthe et mit de force de la racine d'angélique dans la bouche infectée de sa patiente pour éloigner les mauvais esprits de son corps. Elle prépara le remède le plus puissant qu'elle connaissait : scabieuse, armoise, millepertuis, cheveu-de-Vénus et pervenche ; elle fit bouillir le tout, le passa et le fit pénétrer à la cuiller entre les dents de Mistress. Elle songea à répéter quelques-unes des prières qu'elle avait apprises avec les presbytériens, mais puisque aucune n'avait sauvé Sir, elle se ravisa. Sir passa rapidement. En hurlant vers Mistress. Puis en murmurant, en suppliant qu'on l'emmène dans sa troisième maison. La grande, maintenant inutile étant donné qu'il n'y avait pas d'enfants ni d'enfants d'enfants pour y vivre. Personne pour être impressionné par la taille de la bâtisse ou pour admirer le sinistre portail que le forgeron avait mis deux mois à fabriquer. Deux serpents de cuivre se rencontraient au sommet. Lorsqu'ils l'ouvrirent pour satisfaire la dernière volonté de Sir, Lina eut le sentiment qu'elle entrait dans le monde des damnés. Mais si le travail du forgeron fut une frivole perte du temps d'un homme adulte, ce ne fut pas le cas de sa présence. Il aida une jeune fille à devenir femme et sauva la vie d'une autre. Sorrow. Sorrow aux yeux de renarde et aux dents noires, à la chevelure laineuse jamais domptée, de la couleur d'un soleil couchant. Acceptée, et non pas achetée, par Sir, elle avait rejoint la maisonnée après Lina mais avant Florens, et n'avait toujours pas de souvenirs de sa vie passée si ce n'était avoir été tirée jusqu'à la côte par des baleines.

« Pas des baleines, avait dit Mistress. Certainement pas. Elle flottait dans la North River, en contrée mohawk, à moitié noyée, quand deux jeunes bûcherons la hissèrent jusqu'à la rive. Ils la protégèrent d'une couverture et amenèrent leur père là où elle gisait. On dit qu'elle a vécu seule sur un bateau qui avait chaviré. Ils croyaient que c'était un garçon. »

Ni à ce moment-là ni à aucun autre moment elle n'avait raconté comment elle était arrivée là ni où elle se trouvait avant. La femme du bûcheron la nomma Sorrow, pour de bonnes raisons, pensait Lina, et après un hiver passé à nourrir cette folle qui ne cessait d'errer et de se perdre, qui ne savait rien et qui travaillait encore moins, cette fille étrangement mélancolique à laquelle ses fils prêtaient beaucoup d'attention, la femme du bûcheron demanda à son mari de s'en débarrasser. Il répondit à sa requête et l'offrit aux bons soins d'un client dont il savait qu'il ne lui ferait pas de mal. Sir. Lorsque Sorrow arriva, à la traîne du cheval de Sir, Mistress cacha à peine son agacement mais admit que l'endroit avait besoin de cette aide. Si Sir tenait absolument à voyager, deux fermières et une petite fille de quatre ans ne suffisaient pas. Lina était une grande fille de quatorze ans lorsque Sir l'avait achetée aux presbytériens. Il avait lu attentivement les affichettes collées chez l'imprimeur en ville : « Belle femme qui a déjà eu la variole et la rougeole… Beau négrillon d'environ neuf ans… Fille ou femme bonne en cuisine, raisonnable, parlant bien anglais, à la peau entre le jaune et le noir… Cinq années de service d'une engagée blanche qui connaît les travaux de la terre, avec enfant de deux ans passés... Mulâtre très marqué par la variole, honnête et sobre... Jeune garçon blanc, bon pour servir... On recherche un serviteur capable de conduire un attelage, blanc ou noir... Femme sobre et décente qui... Belle fille, blanche, 29 ans, avec enfant... Allemande en bonne santé à louer... solide et en bonne santé, forte et en bonne santé, en bonne santé et forte belle sobre sobre sobre... », jusqu'au moment où il était tombé sur : « Femme robuste, christianisée et apte dans tous les domaines domestiques, disponible en échange de bien ou d'argent. »

Célibataire attendant l'arrivée d'une nouvelle épouse, il avait précisément besoin de ce genre de femme sur ses terres. À ce moment-là, l'œil tuméfié de Lina s'était dégonflé et les lacérations des coups de fouet sur son visage, ses bras et ses jambes s'étaient cicatrisées et étaient à peine visibles. Les presbytériens, se souvenant peut-être de leur prescience lorsqu'ils lui avaient trouvé son nom, n'avaient jamais demandé ce qui lui était arrivé et il n'y avait eu aucune raison de le leur raconter. Elle ne pesait aucun poids face à la loi, n'avait pas de nom de famille et personne ne la croirait jamais face à la parole d'un Européen. Ils se contentèrent de consulter l'imprimeur quant au libellé d'une affichette. « Femme robuste... »

Lorsque l'épouse européenne descendit de la voiture, l'hostilité s'installa instantanément entre elles. La santé et la beauté d'une jeune femme déjà en place exaspéra la nouvelle épouse, tandis que la présomption d'autorité de la part de cette Européenne maladroite mit Lina en rage. Pourtant, cette animosité, totalement inutile dans cette nature sauvage, mourut dans l'œuf. Même avant que Lina eût accouché Mistress de son premier enfant, ni l'une ni l'autre n'avaient pu conserver leur froideur. Cette compétition frauduleuse ne valait rien du tout sur une terre aussi exigeante. Par ailleurs, chacune était une compagnie pour l'autre et elles découvrirent peu à peu quelque chose de beaucoup plus intéressant que le statut. Rebekka riait de bon cœur à ses erreurs, n'était pas gênée de demander de l'aide. Lina se tapait le front lorsqu'elle oubliait les baies qui pourrissaient dans la paille. Elles devinrent amies. Pas seulement parce qu'il fallait bien quelqu'un pour retirer le dard d'une guêpe du bras de l'autre. Pas seulement parce qu'il fallait bien être deux pour écarter la vache de la clôture. Pas seulement parce qu'il en fallait une pour tenir la tête pendant que l'autre attachait les sabots. Mais surtout parce que ni l'une ni l'autre ne savaient précisément ce qu'elles faisaient ou comment elles le faisaient. Ensemble, à travers les épreuves et leurs erreurs, elles apprirent : comment éloigner les renards ; comment et quand charrier et étaler le purin ; la différence entre mortel et comestible et le goût douceâtre de la fléole des prés ; l'allure des porcs frappés du mal rouge ; ce qui rendait liquides les selles du bébé et ce qui les durcissait au point de lui faire mal. Pour sa maîtresse, le travail de la ferme était davantage une aventure qu'une corvée. Sans compter, se disait Lina, qu'elle avait Sir qui lui plaisait de plus en plus et bientôt elle eut une fille, Patrician, et ces deux-là atténuèrent tous les regrets pour les nourrissons morts très vite que Lina mit au monde et enterra chaque année qui suivit. Quand Sir ramena Sorrow, les femmes de la maison formèrent un front uni de consternation. Pour Mistress, elle était inutile. Pour Lina, c'était la malchance incarnée. Cheveux roux, dents noires, des furoncles récurrents sur le cou et une expression dans ces yeux gris argent aux cils trop fournis qui faisait dresser les cheveux sur la nuque de Lina.

Elle fut attentive lorsque Mistress apprit à coudre à Sorrow, la seule tâche pour laquelle elle était douée et qu'elle aimait bien, et ne dit rien quand, pour l'empêcher de vagabonder, dit-il, Sir fit dormir la jeune fille près de l'âtre en toute saison. Un confort qui rendit Lina soupçonneuse mais qu'elle ne lui envia pas, même par mauvais temps. Son peuple bâtissait des villes-abris depuis mille ans et l'aurait fait mille ans encore sans l'avancée fatale des Européens. Pour finir, le sachem s'était complètement trompé. Les Européens ne battirent pas en retraite et ne moururent pas non plus. En fait, raconta la vieille femme qui s'occupait des enfants, il avait présenté ses excuses pour sa prophétie erronée et admis que, quel que fût le nombre de ceux qui allaient mourir d'ignorance ou de maladie, il en viendrait toujours plus. Ils viendraient en parlant des langues ressemblant à des aboiements de chien ; avec un désir enfantin pour les fourrures des animaux. Ils ne cesseraient de clôturer la terre, de transporter par bateau des arbres entiers vers des pays lointains, de prendre les femmes pour un plaisir rapide, de détruire le sol, de profaner les lieux sacrés et de vénérer un dieu terne et peu imaginatif. Ils laissaient leurs porcs brouter la côte de l'océan, la transformant ainsi en dunes de sables sur lesquelles rien de vert ne pousserait jamais plus. N'ayant aucun lien avec l'âme de la terre, ils tenaient absolument à en acheter le sol, et, comme tous les orphelins, se montraient insatiables. C'était leur destinée que de chiquer le monde et de recracher des horreurs qui détruiraient tous les peuples premiers.

Lina n'en était pas si sûre. Se fondant sur la façon dont Sir et Mistress tentaient de tenir leur ferme, elle savait qu'il y avait des exceptions à la prophétie révisée du sachem. Ils paraissaient soucieux de faire une distinction entre terre et propriété, ils enfermaient leur bétail derrière des clôtures, alors que leurs voisins ne le faisaient pas, et, même si c'était légal, ils hésitaient à tuer les pourceaux pillards. Ils espéraient vivre du travail de la terre plutôt que d'épuiser le sol avec des troupeaux, une décision qui maintenait leur profit plutôt bas. Mais si Lina se fiait plus ou moins au jugement de Sir et de Mistress, elle n'avait pas confiance en leur instinct. S'ils avaient vraiment été clairvoyants, ils n'auraient jamais gardé Sorrow si près d'eux.

C'était une compagnie difficile, qui exigeait une attention constante, comme en ce tout début de journée où, par nécessité, on lui avait confié la traite. Sa grossesse la gênait pour s'asseoir sur le tabouret, elle n'avait pas bien pris le pis en main, et la vache, rapporta Sorrow, avait donné un coup de sabot. Lina avait quitté la chambre de la malade pour s'occuper de la génisse – lui parler, tout d'abord, fredonner un petit peu, puis masser doucement les tendres tétines avec une noix de crème. Les giclées de lait restèrent irrégulières, ne servant pas à grand-chose, sauf à soulager la vache et, après l'avoir ointe et calmée, Lina repartit ventre à terre vers la maison. Rien de bon ne pouvait advenir à laisser Mistress seule avec Sorrow, et maintenant que son ventre était gonflé par le bébé, elle était encore moins fiable. Dans le meilleur des cas, cette fille traînait la misère derrière elle comme une queue. Il y avait un homme comme cela dans le village de Lina. Elle avait oublié son nom, tout comme elle avait oublié sa langue, mais ce nom voulait dire « les-arbres-tombent-derrière-lui », suggérant son influence sur son environnement. En présence de Sorrow, il était impossible de battre des œufs en neige, ou d'alléger une pâte à gâteau avec du beurre. Lina était persuadée que la mort prématurée des fils de Mistress pouvait être mise sur le compte de cette malédiction naturelle qu'était Sorrow. Après la mort du second bébé, Lina se sentit obligée d'informer sa maîtresse du danger. Elles préparaient un hachis pour le retour de Sir. Les pieds de porc qui avaient mijoté dans l'eau frémissante depuis le matin avaient à présent refroidi. Les os découpés se trouvaient sur la table et attendaient qu'on leur ajoute de la graisse et du croquant et qu'on les fasse bouillir.

« Il y a des gens qui font le mal volontairement, dit Lina. Et d'autres qui ne peuvent pas s'en empêcher. »

Mistress leva les yeux. « Que veux-tu dire ?

— Votre fils, John Jacob. Il est mort après l'arrivée de Sorrow.

— Arrête, Lina. Ne ressasse pas les vieux malheurs. Mon bébé est mort de la fièvre.

— Mais Patrician est aussi tombée malade et n'est pas...

— Je t'ai dit d'arrêter. Il est mort dans mes bras, ce qui est déjà assez dur sans qu'on ajoute à cela de folles sornettes. »

Elle poursuivit et évoqua la grande faiblesse du bébé lorsqu'il fit ses dents, d'une voix sévère, tout en coupant la viande et en y ajoutant les raisins secs, les tranches de pomme, le gingembre, le sucre et le sel. Lina rapprocha un grand bocal et toutes les deux versèrent le mélange à la cuiller. Puis Lina remplit le bocal à ras bord d'eau-de-vie et le ferma hermétiquement. Quatre semaines ou plus au-dehors et la croûte serait faite pour Noël. En attendant, Mistress jeta la cervelle et la tête d'un veau dans une marmite d'eau bouillante enrichie d'aromates. Un tel plat, frit dans le beurre et orné de tranches d'œufs durs, serait un vrai festin.

Et maintenant, plus grave que le fait qu'on ne pouvait pas compter sur elle, plus grave que ses errances et ses bavardages avec l'herbe et la vigne vierge, Sorrow se retrouvait enceinte, il y aurait bientôt une autre naissance miraculeuse et peut-être, malheureusement, ce bébé-là ne mourrait-il pas. Mais si Mistress mourait, que se passerait-il? Vers qui pourraient-elles se tourner? Même si les baptistes avaient jadis généreusement aidé Sir à construire sa deuxième maison et les dépendances, même s'ils l'avaient rejoint avec plaisir pour abattre les pins afin de tailler les poteaux de sa clôture, un froid s'était glissé entre eux et la famille de Sir. En partie parce que Mistress les détestait car ils avaient fermé à ses enfants les portes du ciel, mais aussi, pensait Lina, parce que les vagabondages de Sorrow les effrayaient. Des années auparavant, il arrivait aux baptistes de faire don d'un dos de saumon ou d'offrir un berceau dont ils n'avaient plus l'usage pour un des bébés de Mistress. Et on pouvait compter sur le diacre pour apporter des paniers de fraises ou de myrtilles, toutes sortes de noix et même une fois un cuissot de gibier. Désormais, bien sûr, personne, baptiste ou non, ne viendrait plus dans une maison frappée par la variole. Ni Willard ni Scully ne venaient, ce qui n'aurait pas dû la décevoir mais la décevait malgré tout. C'étaient des Européens, en fin de compte. Willard avançait en âge et payait toujours sa traversée par son travail. Les sept années initiales s'étaient étirées à une bonne vingtaine, disait-il, et il avait depuis longtemps oublié la plupart des bêtises qui avaient rallongé sa servitude. Celles dont il se souvenait avec un sourire étaient liées au rhum ; les autres étaient des tentatives de fuite. Scully, jeune, à la charpente fine, avec de légères cicatrices lui zébrant le dos, avait des projets. Il finissait de payer le contrat de sa mère. C'était vrai, il ne savait pas combien de temps cela allait prendre, mais il se vantait que, contrairement à Willard ou à Lina, son esclavage prendrait fin avant sa mort. Il était le fils d'une femme qui avait été expédiée aux colonies « pour conduite licencieuse et désobéissance », ni l'une ni l'autre ne s'étant, d'après lui, jamais apaisées. La mort de la mère avait fait passer le contrat sur le fils. Puis un homme déclarant être le père de Scully apura les comptes et récupéra certaines dépenses en louant le garçon à son maître du moment pour une période de temps qui devait se terminer assez vite, mais Scully n'avait pas été informé de la date exacte. Il y avait un document légal, avait-il dit à Lina, qui le précisait. Lina pensait qu'il ne l'avait jamais vu et que si cela avait été le cas il n'aurait pas pu le déchiffrer. Tout ce qu'il savait avec certitude était que la somme qu'il toucherait lorsqu'il serait libre serait assez importante pour acheter un cheval ou s'installer en affaires. Quelles affaires ? se demandait Lina. Si ce jour glorieux de la liberté n'arrivait pas assez vite, lui aussi, pensait-elle, s'enfuirait, et connaîtrait la bonne fortune refusée à Willard. Plus malin que ce dernier, et sobre, il pouvait réussir. Pourtant, elle en doutait, elle pensait que ses rêves de vendre son travail n'étaient que des rêves. Elle savait que cela ne le gênait pas de s'allonger avec

Willard sans qu'il soit question de dormir. Pas étonnant si Sir, qui n'avait ni parents ni fils sur lesquels
compter, n'avait pas de mâles sur son domaine. Tout
cela était raisonnable, sauf quand cela ne l'était
pas. Comme maintenant, avec deux pleureuses, l'une
confinée au lit, l'autre lourdement enceinte; plus une
fille au cœur brisé laissée la bride sur le cou et elle-
même qui n'était sûre de rien, pas même du clair de
lune.

Ne meurs pas, Miss. Ne meurs pas. Elle-même,
Sorrow, un bébé et peut-être Florens – trois femmes
sans maître et un nouveau-né, seuls ici, n'appartenant
à personne, devenaient un gibier de choix pour tout
un chacun. Aucune ne pouvait hériter; aucune n'était
rattachée à une église ni ne figurait dans un des
registres paroissiaux. Femmes et illégales, elles allaient
devenir des intruses, des squatteuses, si elles restaient
là après la mort de Mistress; elles pourraient alors être
achetées, louées, attaquées, enlevées, bannies. La ferme
pourrait être réclamée ou vendue aux enchères aux
baptistes. Lina avait aimé la place qu'elle occupait dans
cette petite et dense famille, mais elle percevait maintenant la folie de tout cela. Sir et Mistress croyaient
qu'ils pouvaient mener une vie honnête de libres-
penseurs, et pourtant, sans héritiers, tout leur travail
ne valait guère plus qu'un nid de moineau. Leur isolement progressif des autres avait produit une intimité
égoïste et ils avaient perdu le refuge et la consolation
que peut procurer un clan. Baptistes, presbytériens,
tribu, armée, famille, il fallait bien quelque chose pour
faire un cercle et protéger de l'extérieur. La fierté, se
disait-elle. Seule la fierté leur avait fait penser qu'ils
n'avaient besoin que d'eux-mêmes, qu'ils pouvaient

modeler ainsi la vie, comme Adam et Ève, comme des dieux venus de nulle part et uniquement redevables à leurs propres créations. Elle aurait dû les prévenir, mais sa dévotion la mettait en garde contre une telle impertinence. Tant que Sir était en vie, il était facile de voiler la vérité : ils ne formaient pas une famille – même pas un groupe de gens pensant de la même façon. Ils étaient des orphelins, tous autant qu'ils étaient.

Lina regarda distraitement par la vitre irrégulière de la minuscule fenêtre où un soleil badin déversait une douce lumière jaune vers le pied du lit de Mistress. Au-delà, au bout de la piste, se trouvait un bois de hêtres. Comme souvent, elle leur parla.

« Vous et moi, cette terre, c'est chez nous, mur-mura-t-elle, mais contrairement à vous, je suis une exilée ici. »

La maîtresse de Lina marmonne, maintenant, elle raconte à Lina ou à elle-même une histoire, quelque chose d'une grande importance, comme le montrent les flèches lancées par ses yeux. Qu'y avait-il donc de si vital, se demanda Lina, pour qu'elle utilise une langue impossible dans cette bouche couverte de plaies ? Ses mains enveloppées se soulèvent et s'agitent. Lina se tourne pour regarder où se dirigent les yeux. Un coffre dans lequel Mistress gardait de jolies choses, des cadeaux chéris et non portés offerts par Sir. Un col de dentelle, un chapeau qu'aucune femme convenable ne saurait porter, avec sa plume de paon déjà cassée dans la malle. Sur plusieurs métrages de soie se trouvait un petit miroir serti dans un cadre travaillé, à l'argent terni devenu noir comme suie.

« Donne ça ! » dit Mistress.

Lina prit le miroir en pensant : Non, je t'en prie. Ne regarde pas. Ne cherche jamais à voir ton visage, même lorsqu'il va bien, de peur que le reflet n'avale ton âme.

« Vi…te… », gémit Mistress, la voix implorante comme celle d'un enfant.

Incapable de désobéir, Lina apporta le miroir à la dame. Elle le plaça entre les mains gantées de mitaines, certaine désormais que sa maîtresse allait mourir. Et cette certitude était une sorte de mort pour elle-même aussi, dans la mesure où sa vie, où tout dépendait de la survie de Mistress, qui dépendait de la réussite de Florens.

Lina s'était immédiatement éprise d'elle, dès qu'elle l'avait vue, tremblante dans la neige. Une enfant effrayée au long cou qui ne parla pas pendant des semaines mais qui, lorsqu'elle cessa de se taire, fit entendre une voix chantante très agréable à écouter. D'une certaine façon, en fait, l'enfant apaisa le minuscule et pourtant éternel désir du foyer que Lina avait jadis connu où chacun avait tout ce qu'il désirait et où personne ne possédait tout. Peut-être sa propre stérilité aiguisa-t-elle sa dévotion. En tout cas, elle voulait la protéger, la garder de la corruption si naturelle à quelqu'un comme Sorrow, et, tout récemment, elle s'était juré d'être le mur dressé entre Florens et le forgeron. Depuis qu'il était là, il y avait chez cette fille un appétit que Lina reconnaissait pour l'avoir un jour éprouvé. Un désir stupide, au-delà de toute raison, sans conscience. Le jeune corps qui exprime dans son unique langage son unique raison de vivre sur terre. Lorsqu'il était arrivé – trop brillant, bien trop grand, à la fois arrogant et talentueux –, seule Lina avait vu le danger, mais il n'y avait personne à qui s'en plaindre.

Mistress était alors sotte de bonheur parce que son mari était à la maison, et Sir se comportait comme si le forgeron était son frère. Lina les avait vus pencher la tête sur des lignes tracées dans la terre. Une autre fois, elle vit Sir couper une tranche de pomme, sa botte gauche posée sur une pierre, sa bouche s'activant en même temps que ses mains ; et le forgeron qui opinait du chef, tout en regardant intensément son employeur. Et Sir, la nonchalance faite homme, qui pique un bout de pomme sur son couteau et qui l'offre au forgeron qui, tout aussi nonchalamment, le prend et le met dans sa bouche. C'est ainsi que Lina avait compris qu'elle était la seule à percevoir la catastrophe qui se dirigeait sournoisement vers eux. La seule qui prévoyait le chaos, le désastre qu'un Noir libre pouvait causer. Il avait déjà détruit Florens, puisqu'elle refusait de voir qu'elle rêvait d'un homme qui ne s'était même pas soucié de lui dire au revoir. Lorsque Lina avait tenté de l'éclairer, en disant : « Tu n'es qu'une feuille sur son arbre », Florens avait secoué la tête, fermé les yeux, avant de répliquer : « Non, je suis son arbre. » Un profond changement que Lina ne pouvait qu'espérer n'être pas définitif.

Florens était une version calme et timide d'elle-même à l'époque de sa déportation. Avant la destruction. Avant le péché. Avant les hommes. Lina avait tourné autour de Patrician, disputant à Mistress l'affection de la petite fille, mais celle-là, qui arrivait juste après la mort de Patrician, pourrait être, serait, la sienne. Et elle serait l'opposé de l'incorrigible Sorrow. Déjà, Florens savait lire, et écrire. Déjà, il ne fallait pas lui expliquer plusieurs fois comment accomplir une tâche. Non seulement elle était très fiable, mais elle se montrait profondément reconnaissante pour la moindre marque d'affection, la moindre petite caresse sur la tête, le moindre sourire d'approbation. Elles connurent des nuits mémorables, allongées côte à côte, lorsque Florens écoutait, raide de plaisir, les histoires de Lina. Des histoires d'hommes méchants qui coupaient la tête d'épouses dévouées ; de cardinaux qui emportaient les âmes des bons enfants dans un lieu où le temps lui-même n'était encore qu'un bébé. Les plus prisées étaient les histoires de mères luttant pour sauver leurs enfants des loups ou des catastrophes naturelles. Le cœur quasiment brisé, Lina se souvint d'une des histoires favorites et de la conversation murmurée qui ne manquait jamais de la suivre.

Un jour, ainsi allait l'histoire, une femelle aigle dépose ses œufs dans un nid, bien hors de portée des serpents et des pattes qui les convoitent. Ses yeux brillants sont noirs comme à minuit alors qu'elle les surveille. Au tremblement d'une feuille, à l'odeur d'une autre vie, son froncement se fait plus fort, sa tête se secoue vivement et ses plumes se soulèvent avec lenteur. Ses serres se sont aiguisées sur la roche ; son bec est comme la faux d'un dieu guerrier. Elle est farouche, elle protège ses petits en train de naître. Mais il est une chose contre laquelle elle ne peut se défendre : les mauvaises pensées des hommes. Un jour, un voyageur gravit une montagne proche. Il se tient sur le sommet et admire la vue en contrebas. Le lac turquoise, les pruches séculaires, les étourneaux qui planent dans les nuages coupés par un arc-en-ciel. Le voyageur rit devant toute cette beauté en disant : « C'est parfait. Tout cela est mien. » Et le mot se gonfle, résonne comme le tonnerre dans les vallées, au-dessus d'arpents de primevères et de mauves. Des créatures sortent de grottes en se demandant ce que cela veut dire. Mien. Mien. Mien. Les coquilles des œufs de l'aigle tremblent et l'une d'elles se craquelle même un peu. L'aigle tourne la tête afin de découvrir la source de cet étrange et insensé coup de tonnerre, ce son incompréhensible. Repérant le voyageur, elle lui fond dessus pour lui arracher son rire et son bruit si peu naturel. Mais le voyageur, attaqué, soulève son bâton et lui frappe l'aile de toutes ses forces. Tout en hurlant, elle tombe et tombe encore. Au-dessus du lac turquoise, au-delà des pruches séculaires, à travers les nuages coupés par un arc-en-ciel. Elle hurle et hurle encore, alors qu'elle est emportée non pas par ses ailes mais par celles du vent.

Alors Florens murmurait : « Où est-elle maintenant ?

— Elle tombe toujours, répondait Lina. Elle tombe pour toujours. »

Florens respire à peine.

« Et les œufs ? demande-t-elle.

— Ils se couvent tout seuls, dit Lina.

— Ils vivent ? »

Le murmure de Florens est très inquiet.

« Nous l'avons bien fait », dit Lina.

Florens soupirait, alors, la tête posée sur l'épaule de Lina, et lorsque le sommeil venait, le sourire de la petite fille s'attardait sur ses lèvres. Le désir de mère – en être une ou en avoir une –, toutes deux étaient étourdies par ce besoin qui, Lina le savait, demeurait bien vivant, et circulait dans les os. Florens, en grandissant, apprit très vite, fut très désireuse d'en savoir plus et elle aurait été la personne parfaite pour retrouver le forgeron si seulement elle n'avait pas été handicapée par sa vénération pour lui.

Lorsque Mistress choisit de se rendre folle en regardant son visage dans le miroir, Lina ferma les yeux pour chasser cet imprudent appel à la malchance et quitta la pièce. Toute une série de tâches attendait et, comme toujours, Sorrow était introuvable. Enceinte ou pas, elle aurait au moins pu nettoyer les stalles. Lina entra dans l'étable et jeta un coup d'œil sur le traîneau cassé dans lequel, par temps froid, elle et Florens dormaient. À la vue des toiles d'araignée s'étirant des lames à la nacelle, Lina soupira, avant de retenir son souffle. Les chaussures de Florens, celles en peau de lapin qu'elle lui avait confectionnées dix ans plus tôt, se trouvaient sous le traîneau, solitaires et vides comme deux cercueils patients. Bouleversée, elle quitta l'étable et se tint immobile sur le seuil. Où aller? Elle ne pouvait supporter l'apitoiement sur elle-même qui poussait Mistress à tenter des esprits maléfiques, elle décida donc de chercher Sorrow près de la rivière, là où elle allait souvent pour parler à son bébé mort.

La rivière étincelait sous un soleil qui s'éloignait lentement comme une mariée réticente à quitter la fête de la noce. Pas de Sorrow en vue, mais Lina sentit la délicieuse odeur du feu et la suivit. En faisant bien attention, elle avança vers l'odeur de fumée. Elle entendit bientôt des voix, plusieurs voix, prudemment et délibérément étouffées. En rampant sur quelques dizaines de mètres vers les sons, elle vit des silhouettes éclairées par un petit feu allumé dans un trou profond creusé dans la terre. Un garçon et plusieurs adultes bivouaquaient parmi les gaulthéries, sous deux buissons d'aubépines. Un des hommes dormait, l'autre taillait quelque chose au couteau. Trois femmes, dont deux étaient des Européennes, semblaient nettoyer les restes d'un repas, coquilles de noix, enveloppes de maïs, et ranger d'autres objets. Pas armés, probablement pacifiques, se dit Lina en s'approchant encore. Dès qu'elle se fit voir, ils se levèrent tous avec précipitation – tous sauf l'homme endormi. Lina les reconnut pour les avoir vus dans le chariot dans lequel Florens était montée. Son cœur se serra. Que s'était-il passé ?

« 'soir, dit l'homme.

— 'soir, dit Lina.

— C'est votre terre, madame ? demanda-t-il.

— Non. Mais vous êtes les bienvenus.

— Eh bien merci. Nous n'allons pas nous attarder. »

Il se détendit, comme les autres.

« Je me souviens de vous, dit Lina. La voiture. Qui allait à Hartkill. »

Il y eut un long silence tandis qu'ils cherchaient une réponse.

Lina poursuivit : « Il y avait une jeune fille avec vous. Je l'avais accompagnée à la voiture.

— Oui-da, dit l'homme.

— Que lui est-il arrivé ? »

Les femmes secouèrent la tête et haussèrent les épaules.

« Elle est descendue », dit l'une d'elles.

Lina se posa la main sur la gorge.

« Elle est partie ? Pourquoi ?

— Saurais pas le dire. Elle est partie dans les bois, je crois.

— Toute seule ?

— Nous lui avons proposé de se joindre à nous. Elle n'a pas voulu. Elle avait l'air d'être pressée.

— Où? Où est-elle descendue?

— Comme nous. À la taverne.

— Je vois », dit Lina.

Elle ne voyait rien, mais pensa qu'il valait mieux ne pas trop pousser les questions.

« Je vous apporte quelque chose? La ferme est toute proche.

— C'est gentil, mais non, merci. Nous voyageons la nuit. »

L'homme endormi était maintenant réveillé, il regardait attentivement Lina tandis que l'autre semblait se concentrer sur la rivière. Lorsqu'elles eurent terminé de rassembler leurs quelques possessions, l'une des femmes européennes s'adressa aux autres.

« On ferait mieux d'y aller. Il n'attendra pas. »

Ils exprimèrent leur accord sans rien dire et regardèrent vers la rivière.

« Bonne route, dit Lina.

— Au revoir. Que Dieu vous bénisse. »

C'est alors que le premier homme se tourna vers elle ·
« Vous ne nous avez jamais vus, pas vrai, madame?

— Jamais.

— Merci beaucoup », dit-il en touchant son chapeau.

En rebroussant chemin vers la maison, tout en faisant bien attention d'éviter de jeter le moindre coup d'œil vers la nouvelle demeure, Lina fut soulagée à l'idée que jusque-là rien de mauvais n'était arrivé à Florens, mais elle eut plus que jamais peur que cela se produise. Les fuyards avaient un but; Florens en avait un autre. Au lieu d'entrer dans la maison, Lina traîna jusqu'à la route, regarda des deux côtés, puis leva la tête pour humer le temps qu'il allait faire. Le prin-

temps, comme d'habitude, était capricieux. Cinq
jours plus tôt, la tombée de pluie qu'elle avait sentie
venir fut plus longue et plus forte que depuis quelque
temps ; une grosse averse qui avait à son avis précipité
la mort de Sir. Vint ensuite une journée de chaud
et clair soleil qui raviva les arbres et les nimba d'une
brume vert pâle. La neige soudaine qui avait suivi
l'avait surprise et inquiétée dans la mesure où Florens
allait devoir la subir au cours de son périple. Maintenant, sachant que Florens avait continué sa course, elle
voulait savoir ce que le ciel, les brises, avaient en
réserve. Du calme, décida-t-elle ; le printemps s'instal-
lait pour devenir la saison de la croissance. Rassu-
rée, elle retourna dans la chambre de la malade où
elle entendit Mistress marmonner. Encore de l'apitoiement sur elle-même ? Non, pas d'excuses adressées
à son propre visage, cette fois. Non, étonnamment,
elle priait. Dans quel but, qui ou que priait-elle, Lina
ne le savait pas. Elle était à la fois surprise et gênée,
ayant toujours cru que Mistress était polie envers le
dieu des chrétiens, mais indifférente, sinon hostile,
envers la religion. Oui, mais, songea Lina, les derniers
soupirs étaient aussi de grands créateurs, qui changeaient profondément les esprits et rassemblaient les
cœurs. Toute décision prise à cet instant-là était aussi
peu fiable qu'elle était intense. La raison se faisait rare
dans les moments de crise. Et Florens ? Qu'avait-elle
fait lorsque les choses avaient brusquement changé :
elle avait choisi de suivre sa route une fois que les
autres s'étaient furtivement éloignés. Respectablement.
Bravement. Mais pouvait-elle réussir ? Seule ? Elle avait
les bottines de Sir, la lettre, de la nourriture et un
besoin désespéré de voir le forgeron. Mais reviendrait-
elle, avec lui, après lui, sans lui, ou pas du tout ?

La nuit est épaisse sans aucune étoile dans le ciel mais soudain la lune bouge. Les écorchures causées par les aiguilles font vraiment très mal et il n'y a nulle part où se reposer. Je descends et cherche un meilleur endroit. J'ai la chance de trouver un tronc creux au clair de lune, mais il grouille de fourmis. Je casse des brindilles et des petites branches à un jeune sapin, je les entasse et me glisse dessous. Les piqûres des aiguilles sont moins dures et il n'y a aucun danger de tomber. Le sol est humide, froid. Les campagnols s'approchent, me reniflent avant de filer à toute vitesse. Je fais attention aux serpents qui glissent le long des arbres et sur le sol, même si Lina dit qu'ils n'aiment pas vraiment nous mordre ou nous avaler tout crus. Je ne bouge pas et essaie de ne pas penser à l'eau. Je pense plutôt à une autre nuit, à un autre lieu au sol mouillé. Mais c'est alors l'été et l'humidité vient de la rosée et non de la neige. Tu me parles du travail du fer. Comme tu es content de trouver facilement du minerai si près de la surface de la terre. La gloire de façonner le métal. Ton père le fait et son père avant lui et ainsi de suite depuis un millier d'années. Avec des fours fabriqués dans des monticules de termites. Et tu sais que les ancêtres t'approuvent lorsque deux chouettes apparaissent au moment même où tu dis leurs noms, si bien que tu comprends qu'elles se montrent pour te bénir. Tu vois, dis-tu, tu vois comme elles agitent et tournent la tête. Elles t'approuvent aussi, tu me dis. Elles me bénissent aussi ? je demande. Attends, tu dis. Attends et tu verras. Je crois que oui, puisque je viens. Je viens vers toi.

Lina dit qu'il y a des esprits qui veillent sur les guerriers et les chasseurs et d'autres qui protègent les vierges et les mères. Je ne suis ni vierge ni mère. Le Révérend Père dit que la communion est le meilleur espoir, que la prière vient juste après. Il n'y a pas de communion par ici et j'ai honte de parler à la Vierge alors que tout ce que je demande n'est pas du tout à son goût. Je crois que Mistress n'a rien à dire sur cette question. Elle évite les baptistes et les femmes du village qui vont à la salle du culte. Elles l'agacent comme quand nous trois, Mistress, Sorrow et moi, allons vendre deux veaux. Ils trottent derrière nous attachés par une corde à la charrette sur laquelle nous sommes grimpées. Nous attendons pendant que Mistress s'occupe de la vente. Sorrow saute à terre et va derrière l'échoppe où une femme du village la gifle de nombreuses fois en hurlant contre elle. Lorsque Mistress découvre ce qui se passe, son visage, comme celui de la femme du village, brûle de colère. Sorrow se soulage dans la cour sans se soucier des regards des autres. La discussion se clôt et Mistress nous emmène. Après un moment, elle arrête le cheval. Elle se tourne vers Sorrow et la gifle à son tour en lui disant : Folle que tu es ! Je suis choquée. Mistress ne nous frappe jamais. Sorrow ne pleure pas et ne répond pas. Je crois que Mistress lui dit d'autres mots, des mots plus doux, mais je ne vois que le mouvement de ses yeux. Son regard ressemble à celui des femmes qui nous regardent fixement Lina et moi lorsque nous attendons les frères Ney. Des regards qui n'effraient pas, mais qui font mal. Pourtant je sais que Mistress a meilleur cœur que ça. Par un jour d'hiver, alors que je suis encore petite, Lina lui demande si elle peut me donner les souliers de la fillette morte. Des souliers noirs avec six boutons. Mistress est d'accord, mais lorsqu'elle me voit les porter elle s'assoit soudain dans la neige et pleure. Sir arrive et il la prend dans ses bras pour l'emporter dans la maison.

Je ne pleure jamais. Même lorsque la femme me vole mon manteau et mes souliers et que je gèle sur le bateau, les larmes ne viennent pas.

Ces pensées m'attristent, alors je me force à penser à toi, plutôt. Qui me dis que ton travail sur cette terre est fort et beau. Je crois que tu l'es aussi. Je n'ai nul besoin d'esprits saints. Ni de communion ou de prière. Tu es ma protection. Uniquement toi. Tu peux l'être parce que tu dis que tu es un homme libre de la Nouvelle-Amsterdam et que tu l'es depuis toujours. Pas comme Will ou Scully mais comme Sir. Je ne connais pas le sentiment, ni le sens, de ce que ça veut dire, libre ou pas libre. Mais j'ai un souvenir. Lorsque le portail de Sir est terminé et que tu es parti depuis si longtemps, je vais parfois à ta recherche. Derrière la nouvelle maison, la pente, de l'autre côté de la colline et au-delà. Je vois un sentier entre deux rangées d'ormes et je m'y engage. Sous mes pieds, de l'herbe et de la terre. Après un moment, le sentier s'éloigne des ormes et sur ma droite la terre se déroule en blocs de roches. Sur ma gauche se trouve une colline. Haute, très haute. Je grimpe cette colline, tout là-haut, et je vois des fleurs écarlates que je n'ai jamais vues auparavant. Partout, elles étouffent leurs propres feuilles. Leur parfum est doux. Je tends la main pour prendre quelques fleurs. J'entends quelque chose derrière moi, je me tourne et vois un cerf qui escalade le versant rocheux. Il est grand. Grandiose. Je me tiens entre le cerf et ce mur de parfum qui m'attire et je me demande ce que le monde a encore à me montrer. C'est comme si j'étais détachée et libre d'aller vers ce que je choisis, le cerf ou le mur de fleurs. J'ai un peu peur de ce détachement. Est-ce donc cela le sentiment de liberté ? Je ne l'aime pas. Je ne veux pas être libre de toi parce que ce n'est qu'avec toi que je vis. Lorsque je choisis et dis bonjour, le cerf disparaît d'un bond.

Maintenant je pense à autre chose. Un autre animal qui oriente les choix. Sir se baigne tous les ans en mai. Nous versons des seaux d'eau chaude dans la baignoire et cueillons des feuilles de gaulthérie pour parfumer l'eau. Il reste un moment assis. Ses genoux dépassent de l'eau, ses cheveux mouillés sont aplatis sur le rebord. Mistress arrive bien vite avec tout d'abord un pain de savon, puis avec une petite brosse. Une fois qu'il est tout rose d'avoir été frotté, il se lève. Elle enveloppe un drap autour de lui pour le sécher. Plus tard, elle va elle-même dans la baignoire et s'éclabousse. Mais il ne la frotte pas. Il est alors dans la maison et il s'habille. Un orignal circule entre les arbres au bord de la clairière. Nous tous, Mistress, Lina et moi, le voyons. Il est seul et il observe. Mistress croise ses poignets sur ses seins. Elle le regarde fixement, les yeux écarquillés. Son visage se vide de son sang. Lina crie et jette une

pierre. L'orignal se détourne lentement puis s'éloigne.
Comme un chef de tribu. Mais Mistress tremble encore
comme si une mauvaise chose s'était produite. Je me
dis qu'elle est bien petite. Ce n'est qu'un orignal qui
ne s'intéresse absolument pas à elle. Ni à quiconque.
Mistress ne crie pas et ne continue pas à jouer avec
l'eau. Elle ne prendra pas le risque du choix. Sir sort.
Mistress se redresse et court vers lui. Sa peau nue est
luisante de gaulthérie. Lina et moi nous nous regardons. De quoi a-t-elle peur ? je demande. De rien, dit
Lina. Alors pourquoi court-elle vers Sir ? Parce qu'elle
peut le faire, répond Lina. Soudain une volée de moineaux tombe du ciel et se pose dans les arbres. Il y
en a tant qu'ils semblent pousser sur les branches,
à la place des feuilles. Lina fait un signe. Nous ne
façonnons jamais le monde, dit-elle. C'est le monde
qui nous façonne. Soudainement et silencieusement,
les moineaux ont disparu. Je ne comprends pas Lina.
Tu es celui qui me façonne et tu es aussi mon monde.
C'est fait. Nul besoin de choisir.

Combien de temps va-t-il lui falloir, va-t-elle se perdre, sera-t-il là, viendra-t-il, sera-t-elle violée par quelque vagabond ? Il lui fallait des souliers, de vrais souliers, pour remplacer les lambeaux sales qui lui couvraient les pieds, et ce ne fut que lorsque Lina lui en fabriqua qu'elle se mit à parler.

Les pensées de Rebekka coulaient comme du sang l'une dans l'autre, mélangeant les événements et les moments, mais pas les gens. La nécessité de déglutir, la douleur que cela occasionnait, l'insupportable et irrépressible envie de déchirer la peau des os qu'elle recouvrait ne cessaient que lorsqu'elle était inconsciente – et non pas endormie, car pour ce qui était des rêves, c'était la même chose qu'être éveillée.

« J'ai fait mes besoins devant des inconnus pendant six semaines pour arriver sur cette terre. »

Elle avait raconté cela à Lina de nombreuses fois. Lina restant la seule en la compréhension de laquelle elle avait confiance et dont elle estimait le jugement. Même maintenant, dans le bleu profond d'une nuit de printemps, avec encore moins de sommeil que sa maîtresse, Lina murmurait et agitait un bâton orné de plumes autour du lit.

« Devant des inconnus, dit Rebekka. On ne pouvait pas faire autrement, entassés comme des maquereaux entre les ponts. »

Elle fixa les yeux sur Lina qui avait alors posé sa badine et s'était agenouillée à côté du lit.

« Je te connais », dit Rebekka en croyant sourire, sans toutefois en avoir la certitude.

D'autres visages familiers planaient parfois, avant de disparaître : sa fille ; le marin qui l'avait aidée à porter ses caisses et en avait resserré les courroies ; un homme sur la potence. Non. Ce visage-là était réel. Elle reconnut les yeux sombres anxieux, la peau dorée. Comment pourrait-elle ne pas reconnaître la seule amie qu'elle avait ? Pour se confirmer ce moment de clarté, elle dit : « Lina. Tu te souviens ? Nous n'avions pas de cheminée. Il faisait froid. Très froid. Je croyais qu'elle était muette ou sourde, tu sais. Le sang colle. Il ne s'en va jamais vraiment quoi qu'on... » Sa voix était intense, confidentielle, comme si elle révélait un secret. Puis le silence, alors qu'elle sombrait quelque part entre la fièvre et le souvenir.

Rien dans ce monde n'avait pu la préparer à une vie d'eau, sur l'eau, avec l'eau ; malade à cause de l'eau tout en en ayant désespérément besoin. Fascinée et lassée par le spectacle de l'eau, surtout à midi lorsque les femmes avaient le droit de passer une heure de plus sur le pont. Puis elle s'était mise à parler à la mer. « Reste tranquille, ne me fais pas tomber. Non. Bouge, bouge, agite-moi. Fais-moi confiance, je garderai tes secrets : que ton odeur est comme celle du sang mensuel frais ; que tu possèdes le globe et que la terre ferme est une broutille – conçue après coup, faite pour te divertir ; que le monde qui se trouve sous tes eaux est à la fois cimetière et paradis. »

Immédiatement après avoir accosté, la réelle bonne fortune de Rebekka pour ce qui concernait son mari l'émerveilla. Elle avait déjà seize ans, elle savait que son père l'aurait envoyée à quiconque aurait payé son voyage et l'aurait ainsi libéré des dépenses relatives à sa nourriture. Batelier, il était au courant de toutes sortes de nouvelles grâce à ses collègues, et lorsqu'un marin fit passer une requête émanant du second d'un navire – la recherche d'une épouse chaste et saine désirant voyager vers l'étranger –, il n'hésita pas à lui offrir sa fille aînée. L'obstinée, celle qui avait trop de questions et une bouche rebelle. La mère de Rebekka fit objection à la « vente » – elle employait ce mot parce que le marié à venir avait parlé avec insistance de « remboursement » pour les vêtements, les dépenses et quelques fournitures – non pas par amour pour sa fille ni par égard pour ses besoins, mais parce que le futur mari était une créature mécréante vivant parmi les sauvages. La religion, telle que Rebekka en fit l'expérience auprès de sa mère, était une flamme alimentée par une haine prodigieuse. Ses parents se traitaient l'un l'autre et traitaient leurs enfants avec une indifférence glacée, réservant leur flamme pour les questions religieuses. La moindre goutte de générosité envers un inconnu menaçait d'inonder et d'éteindre le brasier. La compréhension que Rebekka avait de Dieu demeurait incertaine, elle le voyait comme un genre de roi en plus grand, mais elle apaisait la honte causée par une dévotion insuffisante en supposant qu'Il ne pouvait être ni plus grand ni meilleur que l'imagination du croyant. Les croyants superficiels préféraient un dieu superficiel. Les timides aimaient bien un dieu déchaîné et vengeur. Malgré toute l'ardeur de son père, sa mère la mit en garde

contre les sauvages et les non-conformistes qui allaient
la massacrer dès son arrivée, si bien que lorsque
Rebekka trouva Lina déjà là, qui attendait devant la
maisonnette d'une pièce que son nouveau mari avait
bâtie pour eux, elle ferma la porte à clé le soir et refusa
de laisser cette fille aux cheveux de jais et à la peau
impossible dormir à proximité. Quatorze ans environ,
et un visage de pierre en plus, il fallut du temps pour
que la confiance s'installe entre elles. Parce qu'elles
étaient peut-être toutes deux seules, sans famille, ou
parce qu'elles devaient toutes deux plaire à un homme,
ou parce que toutes deux ignoraient totalement
comment tenir une ferme, elles devinrent en quelque
sorte des compagnes l'une pour l'autre. Une paire, à
tout le moins, résultat de l'alliance muette qui naît
du partage des tâches. Puis, lorsque naquit le premier
bébé, Lina s'en occupa avec tant de tendresse, avec
tant de compétence, que Rebekka eut honte de ses
craintes initiales et prétendit ne jamais les avoir éprou-
vées. Maintenant, étendue dans son lit, les mains
enveloppées et attachées pour prévenir toute tentative
d'automutilation, les lèvres découvrant les dents, elle
abandonnait sa destinée aux autres et devenait la proie
de scènes de désordres révolus. Les premières pendai-
sons auxquelles elle avait assisté en place publique
parmi la foule joyeuse des spectateurs. Elle avait probablement deux ans et les visages des morts l'auraient
effrayée si la foule ne les avait pas raillés et ne s'en était
pas autant amusée. Avec le reste de sa famille et la plupart de leurs voisins, elle assista à une exécution où le
supplicié fut traîné sur une claie puis découpé, et, bien
qu'elle fût alors trop jeune pour se souvenir des détails,
ses cauchemars restèrent pour toujours très pénétrants

à cause de toutes ces années durant lesquelles ses
parents lui avaient tant de fois raconté et décrit le supplice. Elle ne savait pas ce qu'était un Cinquième
Monarchiste, à l'époque comme maintenant, mais il
était clair dans sa famille qu'une exécution était une fête
aussi passionnante qu'un défilé royal.

Les rixes, les coups de couteau et les enlèvements
étaient si courants dans sa ville natale que des avertisse-
ments relatifs à un massacre possible dans un monde
nouveau et jamais vu ressemblaient à des menaces de
mauvais temps. L'année même où elle descendit du
bateau, un important conflit entre colons et indigènes
se termina à deux cents miles d'où elle se trouvait,
avant même qu'elle en ait eu vent. Les escarmouches
intermittentes d'hommes contre d'autres hommes, les
flèches contre la poudre, le feu contre les hachettes,
tout ce dont elle entendait parler ne rivalisait pas en
horreur avec ce qu'elle avait vu depuis son enfance. Le
tas d'entrailles palpitantes, encore vivantes, tendu sous
les yeux du félon avant d'être jeté dans un seau puis
balancé dans la Tamise ; des doigts qui cherchent en
tremblant un torse perdu ; la chevelure d'une femme
coupable de désordre illuminée par les flammes. Compa-
rée à cela, la mort par naufrage ou par tomahawk faisait
pâle figure. Elle ne savait pas ce que les autres familles
de colons des alentours connaissaient des démembre-
ments coutumiers, mais elle ne partageait pas leur terreur lorsque, trois mois après l'incident, on entendait
parler d'une bataille rangée, d'un enlèvement ou d'une
paix qui avait mal tourné. Les chamailleries entre tribus
ou milices locales pimentant la vie dans certaines parties de la région semblaient constituer une toile de fond
lointaine et raisonnable dans un pays aussi vaste et aussi

parfumé. L'absence de la puanteur de la ville et des
navires la plongea dans une sorte d'ivresse qui mit des
années à se dissiper avant qu'elle pût tenir pour acquise
la douceur de l'air. La pluie elle-même devint une chose
tout à fait nouvelle : de l'eau propre sans aucune trace
de suie qui tombe du ciel. Elle joignait les mains sous
son menton et contemplait des arbres plus hauts
qu'une cathédrale, du bois de chauffage si abondant
que cela la faisait rire, puis pleurer, en pensant à ses
frères et aux enfants qui se gelaient dans la ville qu'elle
avait quittée. Elle n'avait jamais vu des oiseaux pareils,
ni bu de l'eau fraîche coulant sur des pierres blanches
visibles. C'était toute une aventure que d'apprendre à
cuisiner du gibier dont elle n'avait jamais entendu
parler et d'acquérir le goût du cygne rôti. Certes, oui, il
y avait bien de monstrueuses tempêtes ici, avec de la
neige qui s'entassait plus haut que le rebord d'une
fenêtre. Et les insectes de l'été grouillaient en chantant
plus fort que les cloches d'un carillon. Pourtant, la
pensée de ce que sa vie aurait été si elle était restée
perdue dans la foule des rues pestilentielles, avec les
lords et les prostituées qui lui crachaient dessus, et les
révérences, les révérences, toutes ces révérences, cette
pensée la révulsait toujours. Ici elle ne devait répondre
qu'à son mari et fréquentait poliment (si elle en avait
le temps et si le climat le permettait) la seule salle du
culte de la région. Des anabaptistes qui n'étaient pas
des satanistes comme le prétendaient ses parents, ainsi
que de tous les autres séparatistes, mais des gens bons
et généreux malgré leurs opinions surprenantes. Des
opinions qui leur avaient valu ainsi qu'aux horribles
quakers d'être battus jusqu'au sang dans leur propre
salle du culte au pays. Rebekka n'éprouvait aucune

profonde hostilité. Même le roi avait pardonné à une douzaine d'entre eux alors qu'ils montaient au gibet. Elle se souvenait encore de la déception de ses parents lorsque les festivités furent annulées, de même que de leur fureur contre ce monarque si versatile. Son inconfort, dans la mansarde résonnant constamment de disputes, d'explosions d'envie rageuse et de morne désapprobation de quiconque n'était pas comme eux, l'avait rendue impatiente de trouver un moyen de s'échapper. N'importe quel moyen.

Il y avait eu une première délivrance, cela dit, et la possibilité de choses meilleures lorsque l'école parois-siale l'avait choisie avec trois autres pour les former au service domestique. Mais l'unique endroit où on voulut bien la prendre se révéla exiger de savoir aussi fuir le maître et se cacher derrière les portes. Elle tint quatre jours. Après cela, personne ne lui offrit d'autre place. Puis vint la délivrance majeure, lorsque son père entendit parler d'un homme qui cherchait une femme robuste plutôt qu'une dot. Entre la menace d'un mas-sacre immédiat et la promesse du bonheur conjugal, elle ne croyait ni en l'un ni en l'autre. Pourtant, sans argent ni inclination à vendre des marchandises, à ouvrir une échoppe ou à se placer comme apprentie contre le gîte et le couvert, et avec les couvents exclusi-vement réservés aux classes les plus hautes, ses perspec-tives se limitaient à servante, prostituée ou épouse, et, bien qu'on racontât des histoires horribles sur chacune de ces trois carrières, la troisième semblait encore la plus sûre. C'était celle qui lui permettrait peut-être d'avoir des enfants et, donc, une garantie d'affection. Comme tout avenir qui pouvait se révéler possible pour elle, celui-là dépendait de la personnalité de l'homme qui aurait les choses en mains. D'où l'idée que le mariage avec un homme inconnu dans un pays lointain présentait des avantages indéniables : la séparation d'avec une mère qui avait échappé de justesse au supplice de la noyade ; d'avec des frères qui travaillaient nuit et jour avec son père et apprenaient auprès de lui leur attitude méprisante envers la sœur qui avait aidé à les élever ; mais c'était avant tout un moyen d'échapper aux regards en biais et aux mains grossières de tous les hommes, sobres ou ivres, qu'elle pouvait croiser. L'Amérique. Quel que fût le danger, comment cela pouvait-il vraiment être pire ?

Assez vite après son installation sur la terre de Jacob, elle se rendit à l'église locale qui se trouvait à sept miles de là et rencontra quelques villageois vaguement suspicieux. Ils s'étaient coupés d'une secte plus importante afin de pratiquer une forme plus pure de leur religion séparatiste, plus vraie et plus acceptable aux yeux de Dieu. Parmi eux, elle n'éleva délibérément pas la voix. Elle se montra très accommodante dans leur salle du culte, et lorsqu'ils expliquaient leurs croyances elle ne levait pas les yeux au ciel. Ce ne fut que lorsqu'ils refusèrent de baptiser son premier-né, sa délicieuse petite fille, que Rebekka les quitta. Malgré la faiblesse de sa foi, il n'y avait aucune excuse à ne pas protéger l'âme d'un nouveau-né de la perdition éternelle.

De plus en plus, ce fut auprès de Lina qu'elle laissa transparaître son malheur.

« Je l'ai punie pour une chemise déchirée, Lina, et après je la retrouve allongée dans la neige. Sa petite tête craquelée comme une coquille d'œuf. »

Elle aurait été embarrassée de mentionner son chagrin personnel dans ses prières ; de se montrer autrement que brave dans la douleur ; de faire savoir à Dieu qu'elle ne lui était pas vraiment reconnaissante pour Ses attentions. Mais elle avait mis au monde quatre vigoureux bébés, elle en avait vu trois rendre les armes à des âges différents devant une maladie ou une autre, puis elle avait vu Patrician, son aînée, qui avait atteint l'âge de cinq ans et lui apportait un bonheur auquel Rebekka ne pouvait croire, agoniser dans ses bras pendant deux jours avant de mourir d'une fracture du crâne. Ensuite, il avait fallu l'enterrer deux fois. Tout d'abord dans un cercueil protégé par de la fourrure parce que le sol ne pouvait recevoir la petite boîte que Jacob avait fabriquée, ils avaient donc dû la laisser geler dans la boîte, et par la suite, une seconde fois, à la fin du printemps quand ils purent la placer auprès de ses frères en présence des anabaptistes. Faible, pleine de pustules, sans même avoir eu une seule journée pour pleurer Jacob, son chagrin fut coupé trop tôt comme du foin durant une famine. Sa propre mort était ce sur quoi elle devait se concentrer. Elle en entendait les sabots claquer sur le toit, voyait déjà la silhouette revêtue d'une cape chevauchant sa monture. Mais chaque fois que le tourment immédiat s'apaisait, ses pensées quittaient Jacob et retournaient vers les cheveux collés de Patrician, le morceau de savon noir et dur qu'elle avait utilisé pour les nettoyer, les rinçages successifs pour libérer chaque mèche couleur de miel foncé de l'horrible sang qui s'assombrissait, comme son esprit, jusqu'au noir. Rebekka ne regarda jamais le cercueil qui attendait le dégel sous les peaux de bêtes. Mais lorsque la terre se fit enfin plus tendre, lorsque Jacob put soulever la pelle et qu'ils purent descendre le cercueil, elle s'assit par terre en s'appuyant sur les coudes,

oublieuse de l'humidité, et regarda tomber chaque pel-
letée et chaque motte de terre. Elle se tint là toute la
journée et toute la nuit. Personne, ni Jacob ni Sorrow
ni Lina, ne put la faire se relever. Et le pasteur pas
davantage, puisque lui et ses ouailles étaient ceux dont
les croyances avaient privé ses enfants de rédemption.
Elle grogna lorsqu'ils la touchèrent, fit tomber la couverture posée sur ses épaules. Ils la laissèrent donc seule,
en secouant la tête et en marmonnant des prières pour
son pardon. À l'aube, sous une légère chute de neige,
Lina vint et arrangea des bijoux et de la nourriture sur
la tombe, avec des feuilles parfumées, et lui dit que les
garçons et Patrician étaient maintenant des étoiles, ou
quelque chose de tout aussi beau : des oiseaux jaune et
vert, des renards joueurs ou bien les nuages rosés qui se
regroupent à la limite du ciel. Des histoires païennes,
c'était vrai, mais bien plus satisfaisantes que les
prières du type J'accepte-et-vous-retrouverai-le-jour-
du-jugement-dernier qui avaient été enseignées à
Rebekka et qu'elle avait entendu la congrégation
baptiste répéter si souvent. Elle s'était retrouvée, par
une journée d'été, assise devant la maison, occupée à
coudre tout en tenant un discours profane, tandis que
Lina remuait du linge bouillant dans une lessiveuse à
ses côtés.

Je ne pense pas que Dieu sache qui nous sommes. Je
pense qu'Il nous aimerait, s'Il nous connaissait, mais
je ne pense pas qu'Il nous connaisse.

Mais Il nous a créés, Miss. Pas vrai ?

C'est vrai. Mais Il a aussi créé les queues des paons.
Cela a dû être plus difficile.

Mais, Miss, nous chantons et nous parlons. Pas les
paons.

Nous y sommes obligés. Pas les paons. Qu'avons-nous d'autre ?

Les pensées. Les mains pour fabriquer des choses.

Très bien, très bien. Mais c'est nos affaires, ça. Pas celles de Dieu. Il fait autre chose dans le monde. Il ne pense pas à nous.

Que fait-Il, alors, s'Il ne s'occupe pas de nous ?

Dieu seul le sait.

Et elles éclatèrent de rire, comme des petites filles cachées derrière l'étable qui savourent les risques de leur bavardage. Elle ne parvenait pas à décider si l'accident de Patrician dû à un sabot fendu était une forme de blâme ou bien la preuve par neuf.

Maintenant, étendue dans son lit, ses mains agiles et industrieuses enveloppées de linges pour éviter qu'elle ne se griffe au sang, elle n'aurait su dire si elle parlait à voix haute ou si elle pensait simplement.

« J'ai fait mes besoins dans un baquet... inconnus... »

Elles entouraient parfois son lit, ces inconnues qui ne l'étaient plus, qui étaient devenues le genre de famille que peut créer un voyage en mer. Le délire, ou bien le remède de Lina, se dit-elle. Mais elles venaient lui offrir leurs conseils, racontaient quelques commérages, riaient ou se contentaient de la regarder avec pitié.

Sept autres femmes avaient été affectées à l'entre-pont sur l'*Angelus*. En attendant d'embarquer, tournant le dos à la brise mordante arrivant de la mer sur le port, elles tremblaient au milieu des caisses, des baillis, des passagers du pont supérieur, des charrettes, des chevaux, des gardes, des mallettes et des enfants en larmes. Pour finir, lorsque les passagers des ponts inférieurs furent appelés à embarquer, que leur nom, leur pays d'origine et leur métier furent enregistrés, quatre ou cinq femmes dirent qu'elles étaient servantes. Mais Rebekka avait tout de suite compris, dès qu'on les avait séparées des hommes et des femmes des classes supérieures pour les conduire dans un espace sombre dans la cale à côté des stalles des animaux. La lumière et le temps du dehors pénétraient par une écoutille; un baquet pour les déjections était posé près d'un tonneau de cidre; il y avait un panier et une corde grâce à laquelle la nourriture pouvait être descendue et le panier récupéré. Quiconque dépassant les cinq pieds devait se courber et baisser la tête pour se déplacer. Il devenait plus facile de ramper une fois que, comme des vagabonds des rues, elles avaient délimité leur espace personnel. Les bagages, les vêtements, les accents et les attitudes disaient clairement qui elles étaient bien longtemps avant leur confession. L'une d'elles, Anne, était envoyée au loin en disgrâce, par sa famille. Deux autres, Judith et Lydia, étaient des prostituées auxquelles il avait été demandé de choisir entre la prison et l'exil. Lydia était accompagnée de sa fille, Patty, une petite voleuse de dix ans. Elizabeth était la fille, c'est en tout cas ce qu'elle disait, d'un agent important de la Compagnie. Une autre, Abigail, fut rapidement transférée dans la cabine du capitaine et une autre encore, Dorothea, était une vide-gousset condamnée au même choix que les prostituées. Seule Rebekka, dont le passage était payé d'avance, allait se marier. Les autres seraient accueillies par des parents ou des artisans qui paieraient pour leur voyage – sauf la vide-gousset et les prostituées dont les frais et l'entretien seraient remboursés par des années et des années de travail non rémunéré. Seule Rebekka ne faisait pas partie de ce groupe. Ce ne fut que plus tard, recroquevillée entre les ponts et les murs faits de malles, de caisses, de couvertures pendant aux hamacs, que Rebekka en apprit plus sur elles. L'apprentie voleuse prépubère avait la voix d'un ange quand elle chantait. La « fille » de l'agent était née en France. À l'âge de quatorze ans, les deux prostituées maintenant mûres avaient été chassées par leurs familles pour conduite lascive. Et la vide-gousset était la nièce d'une autre voleuse qui lui avait appris à affiner son savoir-faire. À elles toutes, elles rendirent le voyage plus léger ; moins horrible qu'il ne l'aurait sûrement été sans elles. Leur humour de taverne, leur ingéniosité, renforcés par le peu qu'elles attendaient des autres et une assez haute estime d'elles-mêmes, leurs rires faciles amusèrent et encouragèrent Rebekka. Si elle avait craint sa vulnérabilité de femme, voyageant seule vers un pays étranger pour aller épouser un inconnu, ces femmes corrigèrent ses appréhensions. S'il lui arriva de sentir son cœur palpiter au souvenir des prédictions de sa mère, la compagnie de ces femmes exilées et rejetées la calma totalement. Dorothea, qui fut celle dont elle devint la plus proche, fut spécialement utile. Avec des soupirs exagérés et de légères malédictions, elles trièrent leurs biens et s'approprièrent un territoire pas plus grand que le seuil d'une porte. Lorsque, interrogée explicitement, Rebekka admit qu'elle allait se marier et, oui, pour la première fois, Dorothea éclata de rire et annonça la nouvelle à quiconque se trouvant alors à portée de voix.

« Une vierge ! Judy, tu entends ça ? Y a un con encore vert parmi nous.

— Ça en fait deux à bord, alors. Patty en est un autre. »

Judith fit un clin d'œil et sourit à la petite fille : « Ne le brade pas.

— Mais elle a dix ans! dit Lydia. Pour quel genre de mère tu me prends?

— Dans deux ans, on aura la réponse. »

Les rires furent bien sonores parmi elles trois, jusqu'à l'intervention d'Anne.

« Assez, je vous en prie! Je ne supporte pas la grossièreté.

— Pas les mots grossiers, mais les conduites grossières, ça va? demanda Judith.

— Non, ça non plus », répliqua-t-elle.

Elles étaient à présent installées et avaient très envie de mettre leurs voisines à l'épreuve. Dorothea retira un soulier et agita ses orteils par le trou qu'il y avait dans son bas. Puis, en tirant avec précaution, elle replia la laine effilochée sous ses orteils. Tout en remettant son soulier, elle sourit à Anne.

« La conduite, c'est pour cela que ta famille t'a fait prendre la mer? » Dorothea ouvrait grands les yeux, en battant des paupières à l'adresse d'Anne avec une innocence feinte.

« Je vais rendre visite à mon oncle et ma tante. »

Si la lumière venant de l'écoutille ouverte avait été plus forte, elles auraient vu ses joues devenir cramoisies.

« Et tu leur apportes un cadeau, j'ai l'impression, dit Lydia en gloussant.

— Tout doux, tout doux... » Dorothea fit un berceau de ses bras.

« Espèces de sales vaches! » grogna Anne.

D'autres rires fusèrent, assez forts pour agiter les animaux cachés derrière les planches qui séparaient les femmes du bétail. Un matelot, peut-être sur ordre, vint se planter au-dessus d'elles et ferma l'écoutille.

« Ordure ! » cria une voix tandis que les femmes étaient soudain plongées dans l'obscurité.

Dorothea et Lydia, en rampant çà et là, réussirent à trouver la seule lampe disponible. Une fois celle-ci allumée, sa faible lumière les fit se rapprocher.

« Où est Miss Abigail ? » demanda Patty. Elle s'était prise d'affection pour elle à bâbord, durant les heures qui avaient précédé le départ.

« Le choix du capitaine, répondit sa mère.

— L'heureuse catin, murmura Dorothea.

— Parle pas trop vite. Tu l'as pas vu.

— Non, mais j'imagine bien sa table, soupira Dorothea. Des fruits, du vin, du mouton, des pâtés en croûte…

— Tu nous tortures… Arrête ! Du calme ! Peut-être que la catin nous en fera parvenir un peu. Il ne va pas la quitter des yeux. Le porc…

— Du lait qui vient droit du pis, sans terre ni mouches à la surface, du vrai beurre…

— Arrête !

— J'ai du fromage », dit Rebekka. Surprise de sa voix qui ressemblait vraiment à celle d'une enfant, elle toussota. « Et des petits pains », ajouta-t-elle.

Elles se tournèrent vers elle et une petite voix tinta : « Comme c'est charmant ! Et si nous prenions le thé ? »

La lampe à huile crachotait, menaçant de les rejeter dans ces ténèbres que seuls les passagers d'entrepont connaissent. Éternellement balancés d'un côté ou de l'autre, s'efforçant de ne pas vomir avant d'atteindre le baquet, plus à l'aise à genoux que sur leurs pieds – tout cela devenait à peine plus supportable s'il y avait ne serait-ce qu'un petit rai de lumière.

Les femmes se précipitèrent vers Rebekka et soudain, sans concertation, elles se mirent à imiter ce
qu'elles pensaient être les manières des reines. Judith
étala son châle sur le couvercle d'une caisse. Elizabeth
prit dans sa malle une bouilloire et un service de
cuillers. Les tasses étaient toutes différentes – étain,
fer-blanc, terre cuite. Lydia fit chauffer de l'eau dans la
bouilloire au-dessus de la lampe, protégeant la flamme
de la paume de la main. Elles ne furent pas étonnées
de constater qu'aucune n'avait de thé, mais Judith et
Dorothea avaient toutes deux du rhum caché dans
leurs malles. Avec tout le soin d'un majordome, elles le
versèrent dans l'eau tiède. Rebekka posa le fromage au
milieu du châle et l'entoura des biscuits. Anne dit les
prières. Tout en respirant calmement, elles sirotèrent
l'eau chaude alcoolisée et grignotèrent les petits pains
rassis, nettoyant les miettes avec des gestes précieux.
Patty était assise entre les genoux de sa mère, et Lydia
buvait d'une main et lissait les cheveux de sa fille de
l'autre. Rebekka se souvenait que toutes, même la
gamine de dix ans, avaient gardé le petit doigt levé et
tourné vers l'extérieur. Elle se rappelait également que
les claques de l'océan faisaient ressortir le silence. Elles
étaient peut-être en train de gommer, tout comme elle,
ce qu'elles fuyaient et ce qui pouvait les attendre. Aussi
misérable que fût l'espace où elles étaient recroque-
villées, c'était néanmoins un espace vide où aucun
passé ne les hantait et aucun avenir ne leur faisait signe.
Femmes d'hommes ou femmes pour les hommes,
durant ces quelques moments, elles n'étaient ni l'un ni
l'autre. Et lorsque la lampe finit par mourir, les emmi-
touflant dans le noir, pendant longtemps, oublieuses
des bruits de pas au-dessus d'elles, ou des beuglements

du dessous, elles ne bougèrent pas. Pour elles, qui ne pouvaient pas voir le ciel, le temps ne fut plus que la mer mouvante et vide de toute trace, éternelle et sans importance.

À l'arrivée, elles ne prétendirent pas se revoir un jour. Elles savaient que cela ne se produirait jamais, leurs adieux furent donc rapides, dénués de tout sentimentalisme, chacune prit ses bagages et scruta la foule à la recherche de son avenir. C'était vrai ; elles ne se revirent jamais, sauf lors de ces visites au bord de son lit que faisait surgir Rebekka.

Il était plus grand qu'elle ne l'avait imaginé. Tous les hommes qu'elle avait connus étaient petits, endurcis mais petits. Mr Vaark (il lui fallut un certain temps avant de pouvoir dire Jacob) prit ses deux caisses après lui avoir caressé le visage en lui souriant.

« Tu as enlevé ton chapeau et tu as souri. Souri et souri encore. » Rebekka crut répondre au sourire de son nouvel époux, mais ses lèvres gercées bougèrent à peine lorsqu'elle s'avança sur le lieu de leur première rencontre. Elle eut alors l'impression que c'était ce vers quoi sa vie à lui avait toujours tendu : la rencontrer enfin, tant son soulagement et sa satisfaction étaient évidents. Elle le suivait, et, sentant la fermeté déséquilibrante de la terre après des semaines en mer, elle trébucha sur le chemin de planches et déchira l'ourlet de sa robe. Comme il ne se retournait pas, elle saisit la jupe dans son poing, cala sa couverture sous son bras et trottina jusqu'au chariot, refusant la main qu'il lui tendait pour l'aider à monter. C'était ainsi que cela allait marcher. Il ne la dorloterait pas. Elle ne l'accepterait pas si jamais il le faisait. L'équation parfaite pour le travail qui les attendait.

« Ici, on marie », annonçait le panneau à côté de la porte de la taverne, et, en dessous et en petites lettres, un verset qui alliait l'avertissement et la promotion : « Puis la convoitise, ayant conçu, donne naissance au péché. » Vieux et pas tout à fait sobre, le clerc fut néanmoins rapide. Quelques minutes plus tard, ils étaient dans le chariot, plongés dans l'anticipation d'une vie nouvelle et prospère.

Il parut tout d'abord timide, elle se dit donc qu'il n'avait jamais vécu avec huit autres personnes dans une unique mansarde ; qu'il n'avait jamais connu les petits cris de passion poussés à l'aube au point qu'ils ne choquaient plus davantage que les chants des colporteurs. Ce ne fut absolument pas ce que Dorothea avait décrit, ni les acrobaties qui avaient provoqué les hululements de Lydia, ni même encore les accouplements furieux et rapides de ses parents. Au lieu de cela, elle se sentit plutôt priée que prise.

« Mon étoile du nord », l'appelait-il.

Ils entreprirent le long apprentissage l'un de l'autre : préférences, changements d'habitudes, acquisitions de nouvelles habitudes ; désaccord sans mauvaise humeur ; ils apprirent la confiance, et la conversation muette sur laquelle reposent des années de compagnonnage. Les faibles tendances religieuses qui mettaient en rage la mère de Rebekka n'intéressaient pas du tout Jacob. Il était indifférent à cela, ayant lui-même résisté à toutes les pressions visant à lui faire rejoindre la congrégation du village, mais acceptait qu'elle le fît si elle le souhaitait. Quand, après quelques visites initiales, Rebekka choisit de ne plus y aller, sa satisfaction fut évidente. Ils s'appuyaient totalement l'un sur l'autre. N'avaient besoin de personne en dehors d'eux-mêmes.

C'était en tout cas ce qu'ils pensaient. Car il y aurait des enfants, bien sûr. Et il y en eut. Après Patrician, chaque fois que Rebekka accoucha, elle oublia que l'allaitement précédent avait été interrompu bien avant le moment du sevrage. Oublia les seins qui coulaient encore, les mamelons prématurément gercés et trop tendres pour les chemises. Oublia, aussi, comme est rapide le voyage qui va du berceau au cercueil.

Voyant les fils mourir et les années passer, Jacob se persuada que même si la ferme était viable, elle n'apporterait pas de profit. Il se lança dans le commerce et les voyages. Ses retours, cela dit, étaient des moments joyeux, pleins de nouvelles et de visions étonnantes : la colère, bruyante et mortelle, des gens de la ville lorsqu'un pasteur fut abattu sur son cheval par les guerriers d'une tribu locale ; les étagères d'une échoppe chargées de coupons de soie de couleurs qu'il n'avait jamais vues que dans la nature ; un flibustier attaché à une planche maudissant ses bourreaux dans trois langues sur le chemin du gibet ; un boucher bastonné parce qu'il avait vendu de la viande avariée ; les sons sinistres des chœurs qui planent dans la pluie dominicale. Les récits de ses voyages enchantaient Rebekka, mais renforçaient aussi sa conception d'un monde extérieur chaotique et menaçant, contre lequel lui seul pouvait la protéger. Si, à l'occasion, il lui amena des aides jeunes et non formées, il rapportait aussi des cadeaux. Un couteau à découper de meilleure qualité, une tête de cheval montée sur un manche pour Patrician. Ce ne fut qu'après un certain temps qu'elle s'aperçut que les récits se faisaient moins nombreux alors que les cadeaux augmentaient, des cadeaux qui devenaient de moins en moins pratiques, voire dérai-

sonnables. Un service à thé en argent qui fut immédiatement rangé; un vase de nuit en porcelaine
rapidement ébréché à la suite d'un usage peu pré-
cautionneux; une brosse à cheveux lourdement tra-
vaillée pour une chevelure qu'il ne voyait qu'au lit. Un
chapeau par-ci, un collier de dentelle par-là. Ou une
longueur de soie. Rebekka taisait ses questions et
souriait. Lorsqu'elle finit par lui demander d'où venait
son argent, il répondit : « De nouveaux arrangements »,
et lui tendit un miroir au cadre d'argent. Ayant vu
passer une lueur dans ses yeux quand il ouvrait des
trésors aussi inutiles dans une ferme, elle aurait dû
s'attendre à ce qu'il engage un jour des hommes pour
l'aider à abattre des arbres sur un vaste terrain situé
au pied d'une colline. Une nouvelle maison qu'il faisait construire. Quelque chose qui ne convenait pas
à un fermier, pas même à un marchand, une maison
de gentilhomme.

Nous sommes des gens bons et ordinaires, pensa-
t-elle, dans un endroit où cela était non seulement
suffisant, mais encore prisé, quelque chose dont on se
vantait.

« Nous n'avons pas besoin d'une autre maison, lui
dit-elle. Et certainement pas d'une maison de cette
taille. » Elle était en train de le raser, et elle parla alors
qu'elle venait de finir.

« Il ne s'agit pas de besoin, ma femme.

— Et de quoi s'agit-il, je te prie ? » Rebekka nettoya
les dernières traces de mousse sur la lame.

« De ce qu'un homme laisse derrière lui et de ce
qu'il est.

— Jacob, un homme n'est rien d'autre que sa
réputation.

— Essaie de me comprendre, dit-il en lui prenant le linge des mains pour s'essuyer le menton. Je veux l'avoir. »

Et il en alla ainsi. Des hommes, une brouette, un forgeron, du bois de charpente, de la ficelle, des pots de poix, des marteaux et des chevaux de trait, dont l'un donna un jour un coup de sabot dans la tête de sa fille. La fièvre bâtisseuse fut si intense que Rebekka ne vit pas venir la vraie fièvre, celle qui le mena à la tombe. Dès qu'il fut frappé, les baptistes en eurent vent, et personne de la ferme, surtout Sorrow, ne fut plus autorisé parmi eux. Les ouvriers s'en allèrent avec leurs chevaux et leurs outils. Le forgeron était parti depuis longtemps, son œuvre de fer forgé brillant comme les portes du paradis. Rebekka fit ce que Jacob lui ordonna de faire : elle réunit les femmes et se battit avec elles pour le soulever du lit et le poser à terre sur une couverture. Il ne cessa durant tout ce temps de coasser, vite, vite, vite... Incapable de rassembler la moindre force musculaire pour les aider, il était déjà un poids mort avant même de mourir. Elles le portèrent sous une froide pluie de printemps. Les jupes traînaient dans la boue, les châles tombaient, les bonnets sur leurs têtes laissaient passer l'eau jusqu'au cuir chevelu. Il y eut des problèmes au portail. Elles durent le déposer dans la boue tandis que deux d'entre elles ouvraient les ferrures, puis déverrouillaient la porte de la maison. Comme la pluie tombait à seaux sur le visage de Jacob, Rebekka tenta de l'abriter avec le sien. Utilisant la partie la plus sèche de son jupon, elle l'essuya avec soin en faisant attention de ne pas lui faire mal là où il avait des bubons. Ils finirent par entrer dans le vestibule et elles l'installèrent assez loin de la pluie qui soufflait par l'espace des fenêtres. Rebekka se pencha tout près de lui pour lui demander s'il ne voulait pas un peu de cidre. Il remua les lèvres, mais aucune réponse ne sortit. Ses yeux se tournèrent vers quelque chose ou quelqu'un, derrière l'épaule de Rebekka, et restèrent ainsi fixés jusqu'à ce qu'elle les lui ferme. Toutes les quatre – elle, Lina, Sorrow et Florens – s'assirent sur le plancher. Toutes pensèrent plus ou moins que les autres pleuraient, à moins qu'il ne s'agît de gouttes de pluie coulant sur leurs joues.

Rebekka ne pensait pas qu'elle serait infectée. Aucun des membres de la famille de ses parents n'était mort durant la peste bubonique; ils se vantaient qu'aucune croix rouge n'eût été peinte sur leur porte, même s'ils avaient vu des centaines et des centaines de chiens massacrés et des charretées de morts grincer vers les prés communaux. Alors, avoir traversé l'océan jusque dans ce monde pur, cette fraîche et nouvelle Angleterre, avoir épousé un homme solide et robuste et puis, juste après sa mort, se retrouver purulente par une parfaite soirée de printemps avait l'air d'une plaisanterie. Félicitations, Satan! C'était ce que la vide-gousset disait toujours chaque fois que le bateau se soulevait et les jetait les unes sur les autres.

« Blasphème! hurlait alors Elizabeth.

— C'est la vérité! » répliquait Dorothea.

À présent, elles planaient sur le seuil de sa chambre ou s'agenouillaient à côté de son lit.

« Moi, je suis déjà morte, dit Judith. Ce n'est pas si mal.

— Ne lui dis pas ça. C'est horrible.

— Ne l'écoute pas! Elle est femme de pasteur, maintenant.

— Un peu de thé?

— J'ai épousé un marin, alors je suis toujours toute seule.

— Elle complète ce qu'il gagne. Demande-lui comment.

— Il y a des lois contre ça.

— Sûrement, mais il n'y en aurait pas s'ils n'en avaient pas besoin.

— Écoutez, je voudrais vous dire ce qui m'est arrivé. J'ai rencontré un homme… »

Exactement comme sur le bateau, leurs voix se heurtaient les unes contre les autres. Elles étaient venues la réconforter, mais comme toutes les présences spectrales, elles n'étaient intéressées que par elles-mêmes. Pourtant, les histoires qu'elles racontaient, leurs commentaires, offraient à Rebekka la distraction que peut apporter la vie des autres. Oui, se disait-elle, là résidait la vraie valeur des consolateurs de Job. Il gisait écrasé de douleur et plongé dans le désespoir moral; et ils lui parlaient d'eux-mêmes, et lorsqu'il se sentit encore plus mal, il reçut une réponse de Dieu lui disant : Qui donc crois-tu être? Tu m'interroges? Laisse-moi te donner une idée de qui je suis et de ce que je sais. L'espace d'un instant, Job a dû fortement désirer les méditations égocentriques d'humains aussi vulnérables et égarés que lui. Mais un petit aperçu de la connaissance divine était moins important que se gagner, enfin, l'attention du Seigneur. Ce qui, telle était la conclusion de Rebekka, était tout ce que Job avait jamais voulu. Non pas la preuve de Son existence – il n'avait jamais mis cela en doute. Non pas la preuve de Sa puissance – tout le monde l'acceptait. Il voulait simplement capturer Son regard. Être reconnu non pas comme digne ou indigne, mais être reconnu comme une forme de vie par Celui qui faisait et défaisait la vie. Non pas un marché ; juste une lueur de miraculeux.

Mais aussi, Job était un homme. L'invisibilité était insupportable aux hommes. Quelle plainte une Job femelle aurait-elle pu oser émettre? Et si elle l'avait fait, et qu'Il avait daigné lui rappeler combien elle était faible et ignorante, qu'y aurait-il eu de nouveau à cela? Ce qui choqua Job et le ramena à l'humilité comme à une fidélité renouvelée fut le message qu'une Job femelle aurait déjà connu et entendu chaque minute de sa vie. Non. Mieux vaut un faux réconfort que pas de réconfort du tout, songea Rebekka, en écoutant avec attention ses compagnes de voyage.

« Il m'a donné un coup de couteau, du sang partout. Je me suis attrapé le ventre et me suis dit : Non! On ne s'évanouit pas, ma fille. Calme, calme... »

Lorsque les femmes disparurent, ce fut la lune qui revint telle une amie soucieuse, dans un ciel de la finesse de la robe de bal d'une belle dame. Lina ronflait doucement, allongée sur le sol, au pied du lit. À un certain moment, longtemps avant la mort de Jacob, le vaste espace sans limites qui jadis l'avait exaltée devint un vide. Une absence puissante et oppressante. Elle apprit les méandres de la solitude : l'horreur de la couleur, le rugissement de l'absence de son et la menace posée par l'immobilité des objets familiers. Lorsque Jacob était au loin. Lorsque ni Patrician ni Lina ne suffisaient plus. Lorsque les baptistes du coin l'épuisaient avec leur bavardage qui n'allait jamais au-delà de leur clôture, sauf s'il s'élevait droit jusqu'au ciel. Ces femmes lui paraissaient bien plates, convaincues qu'elles étaient innocentes et donc libres ; protégées parce que appartenant à une église ; robustes parce que toujours en vie. Un peuple nouveau refait dans des moules vieux comme le temps. Des enfants, en d'autres termes, mais sans la joie et la curiosité des enfants. Elles avaient même des définitions relatives aux préférences de Dieu bien plus étroites que celles de ses parents. À part eux (et ceux de leur bord qui étaient d'accord avec eux), personne ne serait sauvé. La possibilité restait ouverte à la plupart, cela dit, sauf aux enfants de Cham. En plus, il y avait aussi les papistes et les tribus de Judée auxquels la rédemption était refusée, ainsi que tout un éventail de groupes vivant délibérément dans l'erreur. Rejetant ces exclusions en tant que restrictions familières à toutes les religions, Rebekka avait des griefs plus personnels contre eux. Leurs enfants. Chaque fois que l'un de ses enfants mourait, elle se disait que c'était l'antibaptisme qui la mettait en rage. Mais en vérité elle ne supportait pas de se trouver à proximité de leurs enfants bien vivants et en bonne santé. Au-delà de l'envie, elle avait l'impression que chacun de leurs enfants rieurs et aux joues rouges était une accusation d'échec, une raillerie de ses enfants à elle. De toute façon, ils n'offraient qu'une piètre compagnie et ne lui apportaient aucune aide dans cette solitude sans préavis qui pouvait s'emparer d'elle et la faire prisonnière quand Jacob était au loin. Cela pouvait se produire alors qu'elle était penchée sur une rangée de radis, ou qu'elle désherbait avec l'habileté d'une matrone de taverne jetant des pièces dans son tablier. De l'herbe pour le bétail. Puis, lorsqu'elle se relevait sous le soleil en fusion en rassemblant les coins de son tablier, les sons confortables de la ferme s'évanouissaient. Le silence tombait alors comme de la

neige flottant autour de sa tête et de ses épaules, avant
de s'étaler vers les feuilles poussées par le vent tout en
demeurant immobiles, vers les clarines dodelinant de
la tête, vers les coups de hache de Lina, qui coupait du
bois non loin de là. Sa peau rougissait, puis se faisait
glacée. Les sons finissaient par revenir, mais la solitude
pouvait s'installer pour des jours et des jours. Jusqu'au
moment où, au milieu de tout cela, il approchait sur
son cheval en l'appelant.

« Où est mon étoile ?

— Ici, au nord », répondait-elle, et il jetait un
métrage de calicot à ses pieds ou lui tendait un paquet
d'aiguilles.

Les meilleurs moments étaient ceux où il sortait
son pipeau et embarrassait les oiseaux chanteurs qui
croyaient que le crépuscule leur appartenait. Elle avait
un bébé encore vivant sur ses genoux. Patrician était
assise par terre, bouche bée, les yeux brillants, tandis
qu'il faisait surgir des jardins de roses et des bergers
qu'aucun des deux n'avait jamais vus et ne connaîtrait
jamais. Avec lui, le prix d'une vie solitaire et loin de
toute église n'était pas élevé.

Un jour, se sentant emplie de contentement, elle
refréna sa générosité, et sa sensation de bien-être
excessif, suffisamment pour prendre Lina en pitié.

« Tu n'as jamais connu d'homme, toi ? »

Elles étaient assises dans le ruisseau, Lina tenait le
bébé, elle lui éclaboussait le dos pour l'entendre rire.
Par la chaleur torride d'août, elles avaient emporté la
lessive vers un coin du ruisseau déserté par les mouches
grouillantes et les méchants moustiques. Sauf si un
canoë passait tout près de la rive, personne ne les
verrait. Patrician était agenouillée non loin d'elle et

regardait sa culotte se gonfler avec les vaguelettes. Rebekka était assise en chemise et se rinçait le cou et les bras. Lina, aussi nue que le bébé qu'elle tenait dans ses bras, le soulevait et le plongeait dans l'eau en regardant ses cheveux se remettre en forme avec le courant. Puis elle le tint calé contre son épaule et lui envoya des cascades d'eau claire sur le dos.

« Connu, Miss ?

— Tu me comprends très bien, Lina.

— Oui.

— Alors ?

— Regardez ! couina Patrician en pointant le doigt.

— Chut, murmura Lina. Tu vas les effrayer. »

Trop tard. La renarde et ses petits s'éloignèrent très vite pour aller boire ailleurs.

« Alors ? répéta Rebekka.

— Une fois.

— Et ?

— Pas bien. Pas bien, Miss.

— Et pourquoi cela ?

— Je veux bien marcher derrière. Je veux bien nettoyer après lui. Mais je ne veux pas prendre de raclée. Non. »

Donnant le bébé à sa mère, Lina se leva et alla jusqu'aux framboisiers où pendait sa chemise. Habillée, elle prit le panier de linge sous son bras et tendit la main à Patrician.

Restant seule avec le bébé qui plus que tout autre de ses enfants adorait son père, Rebekka se reprit à savourer une fois encore en cette journée sa miraculeuse bonne fortune. Les femmes battues étaient chose commune, elle le savait, mais les restrictions – pas après neuf heures le soir, avec raison mais sans colère – étaient réservées aux épouses et uniquement aux épouses. Était-il un indigène, l'amant de Lina? Probablement pas. Un homme riche? Un simple soldat ou un matelot? Rebekka le soupçonnait d'être un homme riche, dans la mesure où elle avait bien connu des matelots gentils mais, se fondant sur son court séjour comme fille de cuisine, elle n'avait pu voir que le mauvais côté de l'aristocratie. À part sa mère, personne ne l'avait jamais frappée. Quatorze années déjà, et elle ne savait toujours pas si sa mère était encore vivante. Elle avait un jour reçu un message d'un capitaine que connaissait Jacob. Dix-huit mois après qu'on l'avait chargé de faire son enquête, il avait annoncé que la famille avait déménagé. Où, personne ne pouvait le dire. Se relevant dans le ruisseau, posant son fils sur l'herbe tiède pendant qu'elle s'habillait, Rebekka s'était alors demandé à quoi devait maintenant ressembler sa mère. Grise, courbée, ridée? Est-ce que l'œil pâle mais vif reflétait toujours la ruse et la suspicion que détestait Rebekka? Ou peut-être que l'âge, la maladie, l'avait adoucie jusqu'à une forme de malice bienveillante et édentée.

Désormais forcée de garder le lit, sa question fut dirigée autrement. « Et moi? De quoi ai-je l'air? Qu'y a-t-il dans mes yeux, là? Un crâne et des tibias croisés? La rage? La reddition? » C'est alors qu'elle le voulut immédiatement – le miroir que lui avait donné Jacob et qu'elle avait sans mot dire enveloppé à nouveau pour le fourrer dans sa malle. Il lui fallut un moment pour la convaincre, mais lorsque Lina finit par comprendre et le lui placer entre les mains, Rebekka grimaça.

« Désolée, murmura-t-elle. Je suis tellement désolée. »

Ses sourcils n'étaient plus qu'un souvenir, le rose pâle de ses joues s'était transformé en taches rouge vif. Elle examina lentement son visage, en s'excusant doucement. « Mes yeux, mes chers yeux, pardonnez-moi. Mon nez, ma pauvre bouche. Pauvre petite bouche, je suis désolée. Crois-moi, ma peau, je regrette vraiment. Je vous en prie. Pardonnez-moi. »

Lina, incapable de lui reprendre le miroir de force, la suppliait : « Miss... Assez. Assez. »

Mais Rebekka refusait et s'accrochait au miroir.

Oui, elle avait été vraiment heureuse. Si robuste. Jacob à la maison, occupé avec les plans de la nouvelle demeure. Les soirées, quand il était épuisé et qu'elle lui démêlait les cheveux ; les matins, quand elle les lui attachait. Elle adorait son vorace appétit et la fierté que lui inspiraient ses talents de cuisinière. Le forgeron, qui inquiétait tout le monde sauf Jacob et elle, était comme une ancre maintenant le couple amarré dans des eaux dangereuses. Lina avait peur de lui. Sorrow avait pour lui la reconnaissance d'un chien. Et Florens, pauvre Florens, elle en était complètement éprise. Des trois, on ne pouvait se fier qu'à elle seule pour aller le trouver. Lina aurait supplié pour ne pas le faire, ne voulant pas quitter sa malade, bien sûr, mais, plus que cela, parce qu'elle le méprisait. Cette stupide Sorrow enceinte n'aurait pas pu le faire. Rebekka avait confiance en Florens parce qu'elle était intelligente et parce qu'elle avait une forte raison de réussir. Et elle ressentait beaucoup d'affection pour elle, même s'il avait fallu longtemps pour que ce sentiment se développât. Jacob avait sans doute cru que lui donner une fille d'à peu près l'âge de Patrician lui plairait. En fait, elle s'était sentie insultée. Rien ne pouvait, rien ne devrait remplacer l'original. Elle l'avait donc à peine regardée quand elle était arrivée et n'avait pas eu besoin de le faire par la suite car Lina avait pris l'enfant sous son aile. Avec le temps, Rebekka s'était dégelée, détendue, et s'amusait même du fort désir qu'avait Florens d'être acceptée. « Bien joué. » « C'est bien. » Elle grignotait comme un lapin la moindre gentillesse dont on la gratifiait, aussi petite fût-elle. Jacob disait que la mère se fichait pas mal d'elle, ce qui, décida Rebekka, expliquait son besoin de plaire. Cela expliquait également son attachement au forgeron, le fait qu'elle trottinait vers lui pour n'importe quelle raison, paniquée parce qu'elle voulait lui apporter son repas à temps. Jacob négligea les regards mauvais de Lina et les yeux brillants de Florens : le forgeron allait vite repartir, disait-il. Aucun souci ; en plus, l'homme était trop compétent et valable pour qu'on le laisse filer, et certainement pas parce qu'une fille s'était entichée de lui. Jacob avait raison, bien sûr. La valeur du forgeron devint inestimable lorsqu'il soigna Sorrow du mal qui l'avait frappée. Plût au ciel qu'il pût répéter ce miracle. Plût au ciel aussi que Florens pût le convaincre. Elles lui fourrèrent les pieds dans de bonnes bottines bien solides. Celles de Jacob. Et elles plièrent un laissez-passer à l'intérieur. Ses instructions de voyage étaient claires.

Tout irait bien. Tout comme le mortel manque d'enfants associé aux crises de solitude avait disparu, fondu comme les tombées de neige qui les signalaient. Tout comme la détermination de Jacob à s'élever dans le monde avait cessé de la déranger. Elle décida que la satisfaction que donnait le fait de posséder toujours plus n'était pas de la cupidité, que cela ne résidait pas dans les choses elles-mêmes, mais dans le plaisir du processus. Quelle que fût la vérité, aussi hanté qu'il semblât, Jacob était là. Avec elle. Respirant à ses côtés dans le lit. Voulant la toucher, même dans son sommeil. Et puis, soudain, il ne fut plus là.

Les anabaptistes avaient-ils donc raison? Le bonheur était-il le piège de Satan, sa ruse trop tentante? Sa piété était-elle fragile au point de n'être qu'un leurre? Son indépendance obstinée un vrai blasphème? Était-ce pour cela qu'au sommet de son bonheur la mort se tournait une fois de plus de son côté? Et lui souriait? Eh bien, ses compagnes de voyage, apparemment, s'y étaient habituées. Elle le savait par leurs visites, quoi que la vie pût leur jeter, quels que fussent les obstacles auxquels elles étaient confrontées, elles manipulaient les circonstances à leur avantage et se fiaient à leur imagination. Les femmes baptistes plaçaient leur confiance ailleurs. Contrairement à ses compagnes de voyage, elles ne provoquaient jamais la versatilité de la vie ni ne s'y opposaient. Au contraire, elles provoquaient la mort. La mettaient au défi de les effacer, de prétendre que la vie sur terre était tout ce qu'il y avait; qu'il n'y avait rien au-delà; qu'il n'y avait aucune reconnaissance de la souffrance et certainement aucune récompense; elles refusaient l'absence de sens et le hasard. Ce qui stimulait et excitait ses compagnes de voyage horrifiait ces pieuses femmes et chaque groupe pensait que l'autre était profondément, dangereusement, dans l'erreur. Bien qu'elles n'eussent rien en commun quant à leurs opinions sur l'autre groupe, elles avaient tout en commun par rapport à une chose : les promesses et les menaces des hommes. Là, étaient-elles d'accord, résidaient la sécurité aussi bien que le risque. Et les deux groupes s'étaient adaptés. Certaines, comme Lina, qui avaient fait l'expérience de la délivrance comme de la destruction toutes proches, se retiraient. D'autres, telle Sorrow, qui n'avaient apparemment jamais été instruites par d'autres femmes, devenaient leur jouet. D'autres encore, telles ses compagnes de voyage, les combattaient. D'autres, les pieuses, leur obéissaient. Et quelques-unes, comme elle, après une relation d'amour mutuel, devenaient comme des enfants une fois leur homme disparu. Sans le statut ou l'épaule d'un homme, sans le soutien de la famille ou des amis, une veuve n'avait, en pratique, aucun statut légal. Mais n'était-ce pas ainsi que cela devait être? Adam d'abord, Ève ensuite, et aussi, parce qu'elle n'avait pas bien compris son rôle, la première hors-la-loi?

Les anabaptistes n'avaient pas de doutes là-dessus. Adam (comme Jacob) était un homme bon, mais (contrairement à Jacob) il avait été harcelé et miné par sa compagne. Ils pensaient également qu'il y avait des lignes de conduite acceptable et de pensée juste. Des niveaux de péché, en d'autres termes, et des peuples moins dignes que d'autres. Les indigènes et les Africains, par exemple, avaient accès à la grâce mais pas au ciel – un ciel qu'ils connaissaient aussi intimement que leur propre jardin. La vie après la mort était plus que divine; elle était pleine de frissons. Il ne s'agissait pas du paradis bleu et or d'un cantique de louange éternel, mais d'une vraie vie aventureuse, où tous les choix étaient parfaits et parfaitement accomplis. Comment l'avait décrite la femme pieuse à laquelle elle parlait? Il y aurait de la musique et des fêtes; des pique-niques et des promenades en charrettes à foin.

On s'amuserait. Des rêves devenus réalité. Et peut-être, si l'on était vraiment engagé, réellement dévot, Dieu prendrait-il pitié et permettrait-il que ses enfants à elle, bien que trop jeunes pour un baptême par immersion totale, puissent entrer dans Sa sphère. Mais le plus important, c'était le temps. Tout le temps. Le temps de converser avec les élus, de rire avec eux. De patiner, même, sur les étangs gelés tandis qu'un feu crépitant attendrait sur la berge pour réchauffer les mains. Les clochettes des traîneaux tinteraient et les enfants fabriqueraient des maisons de neige et joueraient avec des cerceaux dans la prairie parce que le temps serait ce que vous vouliez qu'il fût. Pensez-y un peu. Imaginez, simplement. Plus de maladies. Jamais. Plus de douleur. Plus de vieillissement ni de faiblesse quelconque. Plus de perte, de chagrin ou de larmes. Et évidemment plus de mort, pas même si les étoiles se brisaient en poussière et si la lune se désintégrait comme un cadavre au fond de la mer.

Il lui suffisait de cesser de penser et de croire. La langue sèche, dans la bouche de Rebekka, se comportait comme un petit animal qui aurait perdu son chemin. Et même si elle comprenait que ses pensées étaient désorganisées, elle était également certaine de leur clarté. Qu'elle et Jacob aient jadis pu discuter de toutes ces choses rendait sa perte intolérable. Quelles qu'aient pu être l'humeur ou la disposition de Jacob, il avait toujours été son compagnon au sens fort du terme.

Maintenant, pensait-elle, il n'y a plus personne à part les servantes. Le meilleur des maris est parti et a été enterré par les femmes qu'il a laissées derrière lui ; les enfants sont des nuages rosés dans le ciel. Sorrow est terrifiée par son avenir si je meurs, et elle n'a pas tort, cette fille à l'esprit lent que la vie sur un vaisseau fantôme a gauchie. Seule Lina était équilibrée, impassible devant les catastrophes, comme si elle avait tout vu et survécu à tout. Comme durant la deuxième année des voyages de Jacob, alors qu'il était pris dans un blizzard tardif, et qu'elle, Lina et Patrician s'étaient retrouvées proches de l'inanition après deux jours. Aucune piste ni route praticable. Et Patrician qui bleuissait malgré le misérable feu de bouse crachotant dans un trou creusé dans le sol de terre battue. Ce fut Lina qui se couvrit de peaux de bêtes, prit un panier et une hache, brava les congères qui lui arrivaient au haut des cuisses, et le vent qui vous engourdissait l'esprit, pour aller jusqu'à la rivière. Là, elle retira de dessous la glace assez de morceaux de saumons gelés pour les nourrir. Elle emplit son panier de tout ce qu'elle put piéger ; attacha l'anse du panier à sa tresse pour empêcher ses mains de geler sur le chemin du retour.

C'était Lina. Ou bien était-ce Dieu ? À présent, dans les abysses de la perte, elle se demandait si le voyage jusque dans ces contrées, la mort des membres de sa famille, toute sa vie, en fait, étaient comme autant d'étapes marquant le chemin vers la révélation. Ou bien vers la perdition ? Comment pourrait-elle le savoir ? Et maintenant, avec les lèvres de la mort qui appelaient son nom, vers qui pourrait-elle se tourner ? Un forgeron ? Florens ?

Combien de temps cela prendra-t-il viendra-t-il va-t-elle se perdre quelqu'un va-t-il l'attaquer reviendra-t-elle et lui et est-ce déjà trop tard ? Pour le salut.

Je dors puis m'éveille au moindre son. Ensuite je rêve que des cerisiers marchent vers moi. Je sais que c'est un rêve parce qu'ils sont couverts de feuilles et de fruits. Je ne sais pas ce qu'ils veulent. Regarder? Toucher? L'un d'eux se penche et je me réveille avec un petit hurlement dans la gorge. Rien n'est différent. Les arbres ne sont pas lourds de cerises, ni plus près de moi. Je me calme. C'est un meilleur rêve que ceux où *a minha mãe* se tient tout près de moi avec son petit garçon. Dans ces rêves, elle veut toujours me dire quelque chose. Elle écarquille les yeux. Fait des grimaces avec sa bouche. Je regarde ailleurs. Mon sommeil suivant est profond.

Ce n'est pas le chant des oiseaux mais le soleil qui me réveille. Toute la neige a disparu. Me soulager est malcommode. Puis je pense partir vers le nord, mais c'est peut-être l'ouest, aussi. Non, c'est bien le nord, jusqu'au moment où les broussailles ne me laissent plus passer sans m'attraper et tenter de me retenir. Les ronces sont nombreuses parmi les jeunes pousses et s'élèvent à hauteur de ma taille. Je force le passage durant un long moment, ce qui est bien puisque devant moi apparaît soudain une prairie ouverte enflammée de soleil et sentant le feu. C'est un endroit qui se rappelle son propre embrasement. L'herbe est nouvelle sous le pied, profonde, épaisse, tendre comme la laine de l'agneau. Je me baisse pour la toucher et me souviens de Lina me démêlant les cheveux. Cela la fait rire, elle dit que c'est la preuve que je suis en vérité un agneau. Et toi, je lui demande. Un cheval, répond-elle en secouant sa crinière. Cela fait des heures que je marche dans ce champ ensoleillé et ma soif est si forte que je pourrais défaillir. Devant moi je vois au loin un petit bois de bouleaux et de pommiers. L'ombre y est verte des jeunes feuilles. Partout les oiseaux conversent. J'ai hâte d'y arriver parce qu'il y a peut-être de l'eau. Je m'arrête. J'entends des bruits de sabots. Surgissant des arbres, des cavaliers avancent vers moi. Tous des hommes, tous indigènes, tous jeunes. Certains ont l'air d'être plus jeunes que moi. Aucun n'a de selle sur son cheval. Aucun. Je m'émerveille de cela comme du brillant de leur peau mais j'ai peur d'eux, aussi. Ils s'arrêtent près de moi. En cercle. Ils sourient. Je tremble. Ils portent des chaussures souples mais leurs chevaux ne sont pas ferrés et les chevelures des jeunes gens, ainsi que les crinières de leurs montures, sont longues et libres comme celle de Lina. Ils disent des mots que je ne connais pas et rient. L'un d'eux enfonce ses doigts dans sa bouche et fait un mouvement de va-et-vient. Les autres rient plus fort. Lui aussi. Puis il lève la tête bien haut, ouvre grand la bouche et dirige son pouce vers ses lèvres. Je tombe à genoux de souffrance et de peur. Il descend de cheval et s'approche. Je sens le parfum de ses cheveux. Il a les yeux un peu bridés, pas grands et ronds comme ceux de Lina. Il sourit tout en prenant une poche

attachée à une cordelette qui lui barre la poitrine. Il me
la tend mais je tremble trop pour la saisir, alors il boit
à cette gourde et me la propose à nouveau. Je la veux,
sur ma vie je la veux, mais je ne peux pas bouger. Tout
ce que je suis capable de faire est d'ouvrir grand la
bouche. Il avance d'un pas et verse l'eau que j'avale.
Un autre fait bêêê bêêê bêêê comme un chevreau et
ils rient tous en se tapant sur les cuisses. Celui qui
verse l'eau referme la gourde et, après m'avoir regardée
m'essuyer le menton, la remet à son épaule. Puis il
fouille dans une poche à la ceinture qui pend à sa taille
et sort un sombre ruban, qu'il me tend en faisant semblant de mâcher. On dirait du cuir mais je le prends.
Dès que je fais cela, il court et saute sur son cheval.
Je suis choquée. Comment croire cela ? Il court sur
l'herbe et s'envole pour enfourcher son cheval. Je
cligne des yeux et ils disparaissent tous. Là où ils se
trouvaient, il n'y a plus rien. Seuls les pommiers qui
luttent pour fleurir et un écho du rire de ces jeunes
garçons.

Je pose le sombre ruban sur ma langue et j'ai raison.
C'est du cuir. Mais salé et épicé, ce qui réconforte bien
ta servante.

Une fois de plus je vise le nord à travers bois en suivant à distance les traces des sabots des chevaux des
jeunes gens. Il fait chaud et il va faire encore plus
chaud. Pourtant la terre reste toujours humide de rosée
fraîche. Je me force à oublier que nous nous trouvons
sur un sol mouillé et pense à la place à des lucioles
dans de hautes herbes sèches. Il y a tant d'étoiles qu'on
dirait le jour. Tu maintiens ta main sur ma bouche
pour que personne n'entende mon plaisir qui tire
les poules de leur sommeil. Calme. Calme. Personne

ne doit savoir, mais Lina sait. Attention, me dit-elle. Nous sommes allongées dans des hamacs. Je reviens juste de toi, douloureuse de péché mais déjà impatiente d'en avoir plus. Je lui demande pourquoi. Elle dit qu'il n'y a qu'une folle ici et que ce n'est pas elle, alors attention. J'ai trop sommeil pour répondre et je ne veux pas le faire, en plus. Je préfère penser à cet endroit sous ta mâchoire là où ton cou rencontre l'os de l'épaule, un petit creux juste assez profond pour le bout d'une langue mais pas plus grand qu'un œuf de caille. Je suis en train de sombrer dans le sommeil quand j'entends Lina dire : Le rhum, je pense, c'est le rhum. Ça ne peut être que le rhum pour cette première fois car un homme de son éducation et de sa position en ville ne se déshonorerait jamais ainsi s'il était sobre. Je comprends, dit-elle, je comprends et je respecte le besoin de secret et quand il vient à la maison je ne le regarde jamais dans les yeux. Je ne regarde que la paille dans sa bouche, dit-elle, ou bien le bâton qu'il pose dans la charnière du portail, signe que l'on se verra cette nuit-là. Le sommeil m'abandonne. Je me redresse et laisse pendre mes jambes dans le vide. Les cordes grincent et bougent. Il y a quelque chose dans la voix de Lina qui me taraude. Quelque chose de vieux. De coupant. Je la regarde. L'éclat des étoiles, la lueur de la lune, les deux sont suffisants pour que je puisse voir son visage mais insuffisants pour que je discerne son expression. Sa tresse est défaite, des mèches s'échappent du treillis du hamac. Elle dit qu'elle n'est plus d'aucun clan et qu'elle se trouve sous la férule d'un Européen. Il n'y a pas de rhum la deuxième fois ni la suivante, dit-elle, mais ces fois-là il utilise le plat de la main quand il est en colère, lorsqu'elle renverse l'huile de la lampe sur son pantalon ou lorsqu'il trouve un ver minuscule dans son ragoût. Ensuite vient le jour où il se sert de son poing, puis d'un fouet. La pièce espagnole s'est perdue en tombant par un trou d'usure de la poche de son tablier et on ne la retrouve pas. Il ne peut pardonner cela. J'ai déjà quatorze ans et devrais faire plus attention, dit-elle. Et maintenant, dit-elle, je fais attention. Elle me raconte quand elle marche dans les ruelles du village en essuyant de ses doigts le sang qui coule de son nez et que parce qu'elle a les yeux fermés elle titube, si bien que les gens croient qu'elle est prise de boisson comme tant d'autres indigènes et lui disent ce qu'ils pensent. Les presbytériens regardent avec insistance son visage et les traces de sang sur ses vêtements mais ne disent rien. Ils vont voir l'imprimeur et la mettent en vente. Ils ne la laissent plus entrer dans leur maison, donc pendant des semaines elle dort où elle peut et mange dans le bol qu'ils déposent pour elle à la porte de la maison. Comme pour un chien, dit-elle. Comme pour un chien. Puis Sir l'achète, mais pas avant qu'elle ait eu le temps de s'échapper pour briser le cou de deux coqs et déposer une tête dans chacun des souliers de son amant. Chaque pas qu'il va maintenant faire le rapprochera de la ruine éternelle.

Écoute-moi, dit-elle. J'ai ton âge quand la chair est mon seul désir. Les hommes ont deux désirs. Le bec qui nettoie peut aussi piquer. Dis-moi, ajoute-t-elle, que se passera-t-il quand son travail ici sera fini ? Je me demande, dit-elle, s'il t'emmènera avec lui ?

Je ne me pose pas cette question. Ni alors, ni jamais. Je sais que tu ne peux pas me voler ni m'épouser. Ni l'un ni l'autre n'est légal. Ce que je sais, c'est que je m'étiole quand tu t'en vas et que je vais mieux quand Mistress m'envoie vers toi. Partir en mission n'est pas fuir.

Penser à toutes ces choses me fait avancer au lieu de rester allongée sur le sol et de m'autoriser à dormir. Je suis très fatiguée et voudrais vraiment de l'eau.

J'arrive dans un endroit où les vaches paissent entre les arbres. S'il y a des vaches dans le bois, alors une ferme ou un village est proche. Ni Sir ni Mistress ne laisseraient leurs quelques têtes de bétail ainsi en liberté. Ils clôturent la prairie parce qu'ils veulent récupérer le fumier et éviter les querelles avec les voisins. Mistress dit que Sir pense qu'il n'y aura bientôt plus rien à paître dans la prairie et que donc il a d'autres affaires parce qu'une ferme ne suffira jamais dans ces régions. Rien que les mouches noires tueront tout espoir, si les animaux sauvages en maraude ne le font pas. Les fermes vivent ou meurent suivant le désir des insectes ou les caprices du temps.

J'aperçois un sentier et m'avance. Il mène à un pont étroit devant la roue d'un moulin plongée dans un ruisseau. La roue grinçante et la force de l'eau donnent forme au silence. Les poules dorment et les chiens semblent bannis. Je descends très vite le talus de la rive et lape à même le ruisseau. L'eau a le goût de la cire de bougie. Je recrache les morceaux de paille qui viennent avec chaque gorgée et rebrousse chemin jusqu'au sentier. J'ai besoin de trouver un abri. Le soleil est en train de se coucher. Je remarque deux chaumières. Elles ont toutes deux des fenêtres mais aucune lampe n'y brille. Il y a d'autres maisonnettes qui ressemblent à des petites granges qui ne laissent entrer la lumière du jour que lorsque leur porte est ouverte. Aucune ne l'est. Il n'y a pas de fumée de cuisine dans l'air. J'ai l'impression que tout le monde est parti. Puis je vois un minuscule clocher sur une colline au-delà du village et suis certaine que les gens sont à la prière du soir. Je décide de frapper à la porte de la plus grande des chaumières, celle où il y aura une servante. Tout en m'approchant, je regarde par-dessus mon épaule et vois une lumière un peu plus loin. Elle vient de la seule maison éclairée du village, je choisis donc d'aller là-bas. Les cailloux me gênent à chaque pas et enfoncent la cire du sceau dans la plante de mon pied. Il commence à pleuvoir. Doucement. La pluie devrait embaumer du parfum des sycomores qu'elle a croisés, mais elle sent le brûlé, comme les jeunes plumes que l'on flambe avant de faire bouillir une volaille.

Dès que je frappe, une femme ouvre la porte. Elle est beaucoup plus grande que Mistress ou Lina et elle a les yeux verts. Le reste de sa personne n'est qu'une robe marron et un bonnet blanc. Des cheveux roux dépassent de la coiffe. Elle a un air soupçonneux et tend la main, la paume face à moi, comme si j'allais tenter d'entrer de force. Qui t'envoie ? demande-t-elle. Je dis : Je vous en prie. Je suis seule. Personne ne m'envoie. C'est le besoin de m'abriter qui m'amène ici. Elle regarde derrière moi à gauche et à droite et demande si je n'ai pas d'escorte, pas de compagnon. Je dis : Non, Madame. Elle plisse les yeux et demande si je suis de cette terre ou si je viens d'ailleurs. Son visage est dur. Je dis : De cette terre, Madame, et je n'en connais point d'autre. Chrétienne ou païenne ? demande-t-elle. Jamais ne fus païenne, je dis. Je dis aussi : Mais on m'a dit que mon père l'était peut-être. Et où demeure-t-il ? demande-t-elle. La pluie est maintenant plus forte. La faim me fait chanceler. Je dis que je ne le connais pas et que ma mère est morte. Son visage s'adoucit et elle hoche la tête en disant : Une orpheline, entre donc.

Elle me dit son nom, c'est la Veuve Ealing, mais ne me demande pas le mien. Il faut m'excuser, dit-elle, mais le danger rôde par ici. Quel danger ? je demande. Le Mal, répond-elle, mais ce n'est pas ton affaire.

J'essaie de manger lentement mais n'y parviens pas. Je trempe du pain dur dans une délicieuse bouillie d'orge bien chaude, je ne relève la tête que pour dire merci lorsqu'elle me ressert avec une louche. Elle pose une poignée de raisins secs à côté de mon bol. Nous nous trouvons dans une pièce de bonne taille, avec une cheminée, une table, des tabourets, et deux endroits pour dormir, un lit clos et une paillasse. Il y a deux portes fermées menant à d'autres pièces et une sorte de réserve, une alcôve, à l'arrière où sont rangés les cruches et les bols. Lorsque ma faim est suffisamment assouvie, je remarque une fille allongée sur la paille du lit clos. Une couverture est roulée sous sa tête. L'un de ses yeux regarde dans le vide, l'autre est aussi droit et fixe que celui d'une louve. Ce sont deux yeux noirs comme du charbon, pas du tout comme ceux de la Veuve. Je ne crois pas que je devrais parler la première, je continue donc à manger en attendant que la fille ou la Veuve disent quelque chose. Au pied du lit se trouve un panier. Un agneau y gît, trop malade pour lever la tête ou émettre un son. Lorsque j'ai fini jusqu'au dernier raisin sec, la Veuve me demande dans quel but je voyage ainsi toute seule. Je lui dis que ma maîtresse m'a confié une mission. Elle fait la moue avant de dire qu'il faut sans doute que cela soit vital pour risquer comme ça la vie d'une femme dans ces contrées. Ma maîtresse se meurt, je dis. Ma mission peut la sauver. Elle fronce alors les sourcils et regarde l'âtre. Non pas de la première mort, dit-elle. Peut-être de la seconde.

Je ne comprends pas ce qu'elle veut dire. Je sais qu'il n'y a qu'une seule mort et non pas deux, avec de nombreuses vies au-delà. Tu te souviens des chouettes en pleine lumière? On sait tout de suite qui elles sont. Tu sais que la plus pâle est ton père. Je crois savoir qui peuvent être les autres.

La fille étendue sur la paille se redresse et s'appuie sur un coude. La voilà, la mort que nous sommes venus sur terre pour connaître, dit-elle. Sa voix est profonde, comme celle d'un homme, même si elle semble avoir mon âge. La Veuve Ealing ne dit rien et je ne veux plus voir ces yeux-là. La fille parle à nouveau. Aucune bastonnade, dit-elle, ne peut rien y changer, même si ma chair est en lambeaux. Elle se lève alors et boitille jusqu'à la table sur laquelle brûle la lampe. Elle la tient à hauteur de sa taille et soulève ses jupes. Je vois un sang sombre couler très vite le long de ses jambes. Dans la lumière qui inonde sa peau pâle, ses blessures sont comme des joyaux vivants.

C'est ma fille Jane, dit la Veuve. Ces coups de fouet lui sauveront peut-être la vie.

Il est tard, dit la Veuve Ealing. Ils ne viendront pas avant l'aube. Elle ferme les volets, souffle sur la lampe et s'agenouille à côté de la paillasse. Jane la Fille regagne sa couche de paille. La Veuve murmure ses prières. Le noir qui règne ici est plus sombre que dans l'étable, plus épais que dans la forêt. Nul rayon de lune ne pénètre par la moindre faille. Je m'allonge près de l'agneau malade devant la cheminée et leurs voix brisent mon sommeil en éclats. Le silence est long, puis elles parlent à nouveau. Je devine qui parle non seulement à cause de la direction d'où vient la voix mais aussi parce que la Veuve Ealing dit les mots différemment de sa fille. Une façon plus chantante. Je sais donc que c'est Jane la Fille qui dit : Comment puis-je prouver que je ne suis pas un démon, et que c'est la Veuve qui dit : Chut, chut, chut, c'est eux qui vont décider. Du silence. Du silence. Puis à nouveau le va-et-vient des voix. C'est la pâture qu'ils veulent, mère. Alors pourquoi pas moi ? Ton tour viendra peut-être après. Il y en a au moins deux qui disent avoir vu l'Homme Noir et qu'il… La Veuve Ealing s'interrompt et ne dit plus rien pendant un moment, puis elle dit que nous saurons quand viendra l'aube. Ils déclareront que je suis un démon, dit Jane la Fille. Elles parlent en même temps. C'est eux qui savent, c'est moi qui dis la vérité, c'est Dieu qui a la vérité, alors quel mortel peut donc me juger, tu parles comme un Espagnol, écoute, je t'en prie, écoute, calme-toi sinon Il va t'entendre. Il ne m'abandonnera pas, moi non plus, et pourtant tu as mis ma chair à sang, combien de fois faudra-t-il te dire que les démons ne saignent pas…

Tu ne m'as jamais dit cela et c'est pourtant une bonne chose à savoir. Si ma mère n'est pas morte, elle pourra m'apprendre ces choses-là.

Je crois que je suis la seule à m'endormir, et je me réveille pleine de honte parce que les bêtes sont déjà en train de meugler dehors. Des tout petits bêêê viennent de l'agneau quand la Veuve le soulève dans ses bras et le sort pour aller soulager la mère. Lorsqu'elle revient, elle ouvre les volets des deux fenêtres et laisse la porte grande ouverte. Deux oies entrent en se dandinant, suivies par une poule qui se pavane. Une autre poule arrive en volant par une fenêtre et se joint à la recherche de miettes. Je demande la permission d'utiliser la chaise percée cachée derrière un lourd rideau de chanvre. Lorsque j'ai terminé et que je sors, je vois Jane la Fille qui se tient le visage dans ses mains tandis que la Veuve nettoie les blessures de ses jambes. De nouveaux filets de sang luisent parmi les traces séchées. Une chèvre entre et avance vers la paille qu'elle grignote et grignote tandis que gémit Jane la Fille. Lorsque le sang est nettoyé comme elle l'entend, la Veuve pousse la chèvre dehors.

Attablées pour un petit déjeuner de bouillie et de pain, la Veuve et Jane la Fille joignent les mains, baissent la tête et murmurent. Je fais de même, je chuchote la prière que le Révérend Père m'a appris à dire matin et soir avec ma mère qui répète avec moi. *Pater Noster...* À la fin je lève la main pour me toucher le front et surprends alors les sourcils froncés de Jane la Fille. Elle secoue la tête comme pour dire non. Je fais donc semblant d'ajuster mon bonnet. La Veuve verse des cuillerées de confiture dans la bouillie et nous nous mettons à manger toutes les deux. Jane la Fille refuse de manger, nous mangeons donc ce qu'elle laisse. Après quoi la Veuve va vers la cheminée et accroche la bouilloire au-dessus du feu. Je prends les bols et les cuillers et les emporte de la table à l'alcôve où une bassine d'eau est posée sur un banc étroit. Je rince et essuie soigneusement chaque pièce. L'air est dense. L'eau arrive à ébullition dans la bouilloire accrochée dans la cheminée. Je me tourne et vois la vapeur dessiner des formes en enroulant ses volutes contre la pierre. L'une d'elles ressemble à la tête d'un chien.

Nous entendons toutes trois des pas avancer sur le chemin. Je suis toujours occupée dans l'alcôve et, même si je ne vois pas qui entre, j'entends leurs voix. La Veuve offre des chaises aux visiteurs. Ils refusent. Une voix d'homme dit que tout cela est préliminaire, il y a pourtant plusieurs témoins. La Veuve l'interrompt en lui disant que sa fille a l'œil bigle comme Dieu le lui a fait et qu'il n'a pas de pouvoir spécial. Et regardez, dit-elle, regardez ses blessures. Le fils de Dieu saigne. Nous saignons. Les démons ne saignent jamais.

J'avance dans la pièce. Se tiennent là un homme, trois femmes et une fillette qui me fait penser à moi lorsque ma mère m'envoie loin d'elle. Je me dis qu'elle est vraiment mignonne mais elle se met à hurler en se cachant derrière les jupes d'une des femmes. Puis les visiteurs se tournent les uns après les autres pour me regarder. Les femmes restent bouche bée. La canne de l'homme tombe bruyamment par terre, ce qui fait s'enfuir en caquetant et en battant des ailes la dernière poule. Il ramasse son bâton, le pointe sur moi en disant : Qu'est-ce que c'est que ça ? Une des femmes se couvre les yeux en disant : Que Dieu nous vienne en aide. La petite fille gémit en se balançant d'avant en arrière. La Veuve agite les deux bras et dit que c'est son invitée qui cherchait un abri pour la nuit. Nous l'avons gardée, comment aurions-nous pu faire autrement, et nous l'avons nourrie. Quelle nuit ? demande l'homme. Celle qui vient de s'écouler, elle répond. Une des femmes prend la parole pour dire : Je n'ai jamais vu être humain aussi noir. Moi si, dit une autre, elle est aussi noire que les autres que j'ai vus. Elle est d'Afrique. Africaine et bien plus encore, ajoute une autre. Regardez donc cette enfant, dit la première

femme. Elle montre la petite fille hoquetant et gémis-
sant à ses côtés. Entendez-la. Entendez-la. C'est donc
vrai, dit une autre. L'Homme Noir est parmi nous. Et
celle-ci est sa servante. La petite fille est inconsolable.
La femme aux jupes desquelles elle s'accroche la sort
de la maison et l'enfant se calme rapidement. Je ne
comprends rien du tout sauf que je suis en danger alors
que je vois apparaître la tête du chien, et que Mistress
est ma seule défense. Je crie : Attendez, je crie : Je vous
en prie, Monsieur. Je crois qu'ils sont stupéfaits de
voir que je sais parler. Je voudrais vous montrer ma
lettre, je dis plus calmement. Elle prouve que je ne suis
la servante de personne sauf de ma maîtresse. Aussi vite
que je le peux, je défais ma bottine et baisse mon bas.
Les femmes ouvrent la bouche encore plus grand,
l'homme regarde ailleurs avant de lentement fixer à
nouveau ses yeux sur moi. Je sors la lettre de Mistress
et la tends, mais personne ne veut la toucher. L'homme
m'ordonne de la poser sur la table, mais il a peur de
briser le sceau. Il dit à la Veuve de le faire. Elle attaque
la cire avec ses ongles. Lorsque le sceau se décolle, elle
déplie le papier. Il est trop épais pour rester à plat tout
seul. Tout le monde, même Jane la Fille qui se lève de
son lit, regarde fixement les signes à l'envers et il est
clair que seul l'homme sait lire. Tout en maintenant le
bout de sa canne appuyé sur le papier, il le tourne dans
le bon sens et le coince dans cette position comme si la
lettre pouvait s'envoler ou se consumer sans flamme
sous ses propres yeux. Il se penche bien en avant et exa-
mine la lettre de près. Puis il la prend et lit à haute voix.

*La signataire de cette lettre, Mistress Rebekka Vaark
de Milton, se porte garante de la jeune femme entre
les mains de laquelle cette missive a été déposée. Elle*

m'appartient et peut être identifiée par une cicatrice de brûlure sur la paume de sa main gauche. Faites-lui la courtoisie d'un voyage sans danger et accordez-lui tout ce dont elle pourrait avoir besoin pour s'acquitter de sa mission. Notre vie, ma vie, sur cette terre dépend de son retour rapide.

Signé Rebekka Vaark, Mistress
Milton, le 18 mai 1690

À part un petit bruit émis par Jane la Fille, tout est calme. L'homme me regarde, il regarde la lettre à nouveau, et puis moi et puis encore la lettre. Il me regarde une fois de plus, puis à nouveau la lettre. Vous voyez bien, dit la Veuve. Il ne lui prête aucune attention et se tourne vers les deux femmes en leur murmurant quelque chose. Ils me montrent la direction d'une porte menant à une remise et là, au milieu des coffres de voyage et d'un rouet, ils me disent de me déshabiller. Sans me toucher, ils me disent ensuite ce que je dois faire. Leur montrer mes dents, ma langue. Ils froncent les sourcils devant la brûlure laissée par une chandelle sur ma paume, que tu embrassais pour la soulager. Ils regardent sous mes bras, entre mes jambes. Ils tournent autour de moi, se penchent pour m'inspecter les pieds. Nue sous leurs regards curieux, je cherche à lire ce qu'il y a dans leurs yeux. Ni haine ni peur ni dégoût, mais ils me regardent et regardent mon corps de très loin, d'une distance infranchissable. Les cochons me regardent de plus près lorsqu'ils lèvent le groin de leur auge. Les femmes évitent de me regarder dans les yeux comme tu me dis de le faire avec les ours pour qu'ils ne s'approchent pas dans l'idée de m'aimer ou de jouer. Ils finissent par me dire de me rhabiller et ils quittent la pièce en fermant la porte derrière eux. Je remets mes vêtements. Je les entends se disputer. La petite fille est revenue, elle ne sanglote plus mais elle dit : J'ai peur, j'ai peur. Une voix de femme demande : Est-ce que Satan pourrait écrire une lettre? Lucifer n'est que ruse et malice, dit une autre. Mais la vie d'une femme est en jeu, dit la Veuve, qui le Seigneur punira-t-il dans ce cas? La voix de l'homme gronde. Nous allons rapporter cela aux autres, dit-il. Nous allons étudier la question, nous consulter et prier et nous reviendrons avec notre réponse. Il ne semble pas si évident de savoir si je suis ou non la servante de l'Homme Noir. J'entre dans la pièce et la petite fille hurle en battant l'air de ses bras. Les femmes l'entourent et sortent précipitamment. L'homme dit de ne pas quitter la maison. Il prend la lettre avec lui. La Veuve le suit dans le chemin en suppliant et en suppliant encore.

Elle revient et dit qu'ils ont encore besoin de temps pour parler de cela entre eux. Elle a de l'espoir à cause de la lettre. Jane la Fille rit. La Veuve Ealing s'agenouille pour prier. Elle prie un long moment, puis se relève et dit : Je dois voir quelqu'un. J'ai besoin de son témoignage et de son aide.

Qui? demande Jane la Fille.

Le shérif, dit la Veuve.

Jane la Fille fait la moue derrière le dos de sa mère quand cette dernière quitte la pièce.

Je suis pétrifiée de peur en regardant Jane la Fille s'occuper des blessures de ses jambes. Le soleil est haut et la Veuve ne revient toujours pas. Nous attendons. Peu à peu, le soleil baisse. Jane la Fille fait durcir des œufs de canard et, quand ils sont rafraîchis, elle les enveloppe dans un morceau de tissu. Elle plie une couverture et me la tend, tout en me faisant signe d'un doigt de la suivre. Nous sortons de la maison, nous la contournons à toute vitesse pour gagner l'arrière. Toutes sortes de volailles caquettent et s'envolent devant nos pas. Nous traversons la pâture en courant. La chèvre se retourne pour nous regarder. Pas le bouc. Mauvais signe. Nous passons en nous faisant toutes petites entre les planches de la clôture et courons dans le bois. Puis on marche, doucement, Jane la Fille ouvre la voie. Le soleil se vide et déverse ce qu'il lui reste à travers les ombres des arbres. Les oiseaux et les petits animaux sont occupés à manger et s'interpellent les uns les autres.

Nous arrivons à un ruisseau, presque tari mais encore boueux par endroits. Jane la Fille me tend le paquet contenant les œufs. Elle m'explique le chemin à suivre, là où se trouve la piste qui me mènera à la grand-route qui m'emmènera au hameau où j'espère te trouver. Je la remercie et prends sa main pour l'embrasser. Elle dit : Non, c'est moi qui te remercie. Ils t'ont regardée et ils m'ont oubliée. Elle m'embrasse le front puis me regarde avancer dans le lit asséché du ruisseau. Je me tourne et lève les yeux vers elle. Es-tu un démon ? je lui demande. Son œil capricieux reste fixe. Elle sourit. Oui, dit-elle. Oh oui. Va-t'en, maintenant.

J'avance seule, uniquement accompagnée des yeux qui me suivent dans mon périple. Des yeux qui ne me reconnaissent pas, des yeux qui m'étudient et qui cherchent une queue, un téton supplémentaire, un pénis d'homme entre mes jambes. Des yeux interrogateurs qui scrutent et décident si mon nombril est au bon endroit ou si mes genoux se replient vers l'arrière comme les pattes avant d'un chien. Ils veulent voir si ma langue est fourchue comme celle d'un serpent ou si mes dents sont assez pointues pour les dévorer. Ils veulent savoir si je peux surgir des ténèbres pour les mordre. Au fond de moi, je me recroqueville. Je grimpe le talus bordant le lit du ruisseau sous les arbres qui me regardent et je sais que je ne suis plus la même. Je perds quelque chose à chaque pas que je fais. Je sens tout ce qui me quitte. Quelque chose de précieux est en train de me fuir. Je deviens une chose à part. Avec la lettre, j'ai une place et je suis dans le cadre de la loi. Sans la lettre, je suis un veau affaibli abandonné par le troupeau, une tortue sans carapace, un suppôt sans signe révélateur mais qui possède une noirceur avec laquelle je suis née, au-dehors, certes oui, mais à l'intérieur aussi, et cette noirceur intérieure est petite, toute en plumes et en dents. Est-ce là ce que sait ma mère? Est-ce pour cela qu'elle a choisi de m'envoyer au loin? Non pas la noirceur extérieure que nous partageons, *a minha mãe* et moi, mais cette noirceur intérieure que nous ne partageons pas. Cette mort ne concerne donc que moi seule? Cette chose à griffes et à plumes est-elle la seule vie en moi? Tu me le diras. Tu as l'extérieur noir toi aussi. Et quand je te verrai et que je me jetterai dans tes bras, je saurai que je suis en vie. Soudain ce n'est plus comme avant, quand j'ai toujours peur. Je n'ai plus peur de rien maintenant. Le soleil laisse les ténèbres derrière et le noir, c'est alors moi. Nous. Le noir, c'est chez moi.

Cela ne la gêna pas qu'on décide de l'appeler Sorrow, tant que Twin continuait à utiliser son vrai nom. Il était facile de se tromper. Parfois, c'était la maîtresse de la maison ou le bûcheron ou les fils qui avaient besoin d'elle ; d'autres fois, Twin voulait de la compagnie pour parler, se promener ou pour jouer. Avoir deux noms était commode dans la mesure où Twin ne devait être vue par personne. Et donc si, tandis qu'elle était en train de frotter des vêtements ou de garder les oies, elle entendait le nom que lui donnait le Capitaine, elle savait que c'était Twin. Mais si toute autre voix disait « Sorrow », elle savait à quoi s'attendre. Elle préférait, bien sûr, quand c'était Twin qui appelait de la porte de la scierie ou qui murmurait près de son oreille. Elle abandonnait alors toute tâche et suivait son autre elle-même.

Elles s'étaient rencontrées sous le hamac du chirurgien dans le bateau mis à sac. Tous les autres étaient partis ou noyés et cela aurait également pu être son cas si elle ne s'était pas alors trouvée profondément plongée dans un rêve d'opium à l'infirmerie du bateau. Elle avait été amenée là pour qu'on lui retire les furoncles du cou, elle avait bu la mixture dont le chirurgien avait dit qu'elle supprimerait la douleur. Donc, lorsque le bateau avait chaviré, elle ne s'en était pas aperçue, et si quelques marins ou passagers avaient pu échapper au massacre, elle ne le sut pas non plus. Elle ne se souvenait que de s'être réveillée après être tombée par terre seule sous le hamac. Le Capitaine, son père, n'était nulle part.

Avant de venir vivre chez le bûcheron, Sorrow n'avait jamais vécu sur la terre ferme. Et maintenant les souvenirs du bateau, la seule maison qu'elle ait jamais eue, semblaient avoir été tout aussi pillés que la cargaison : des balles de tissus, des coffrets d'opium, des caisses de munitions, des chevaux et des barils de mélasse. Même la trace du Capitaine se faisait plus vague. Après avoir cherché des survivants et de la nourriture, mangeant de la mélasse renversée qu'elle prenait avec le doigt à même le pont, passant ses nuits à écouter le vent froid et le clapot des vagues, elle avait été rejointe par Twin sous le hamac et elles ne s'étaient plus jamais quittées depuis. C'est à deux qu'elles étaient descendues le long du mât brisé et qu'elles avaient commencé à arpenter une côte rocheuse. Les morceaux de poissons morts qu'elles mangèrent intensifièrent une soif qu'elles oublièrent à la vue de deux cadavres roulant dans les vagues. Le ballonnement et le balancement des corps les rendirent assez imprudentes pour s'éloigner des rochers vers un lagon juste comme la mer montait. Toutes deux furent balayées au large, toutes deux avancèrent aussi long-temps qu'elles le purent jusqu'au moment où le froid vainquit leurs sens et où elles se mirent à nager non plus vers la côte mais vers l'horizon. Une vraie chance, car elles pénétrèrent ainsi dans un courant marin qui se précipitait vers la côte, et par la suite dans un fleuve.

Sorrow s'éveilla nue sous une couverture, avec un linge mouillé tiède sur le front. L'odeur du bois coupé dominait tout. Une femme aux cheveux blancs la contemplait.

« Quelle misère, dit la femme en secouant la tête. Dans quel état tu es. Et pourtant tu sembles forte, je crois, pour une jeune fille. » Elle remonta la couverture sur le menton de la naufragée. « On a cru d'après tes vêtements que tu étais un garçon. Enfin, tu n'es pas morte. »

Ce qui était une bonne nouvelle, dans la mesure où Sorrow avait cru l'être jusqu'au moment où Twin était apparue au pied de la paillasse, souriante, se tenant le visage dans les mains. Réconfortée, Sorrow se rendormit, mais dans le calme, maintenant que Twin était blottie près d'elle.

Le lendemain matin elle fut éveillée par le grincement des scies et l'odeur encore plus épaisse de la sciure de bois. La femme du bûcheron entra, portant une chemise d'homme et un pantalon de garçon.

« Il faudra se contenter de ça pour l'instant, dit-elle. Je vais devoir te faire quelque chose de plus convenable car il n'y a rien à emprunter dans le village. Et tu n'auras pas de chaussures pendant un bon moment. »

Étourdie et chancelante, Sorrow enfila les vêtements de garçon secs, puis suivit une odeur de nourriture. Après avoir avalé un petit déjeuner somptueux, elle fut assez alerte pour dire des choses, mais pas pour se souvenir des choses. Lorsqu'on lui demanda son nom, Twin murmura NON, alors elle haussa les épaules et trouva que c'était là un geste commode pour tous les autres renseignements dont elle n'avait pas souvenir ou qu'elle faisait semblant d'avoir oublié.

Où habites-tu?
Sur le bateau.
Oui, mais pas toujours.
Toujours.
Où est ta famille?
Haussement d'épaules.
Qui d'autre y avait-il sur le bateau?
Des mouettes.
Mais comme personnes, ma fille.
Haussement.
Qui était le capitaine?
Haussement.
Comment es-tu arrivée à terre?
Les sirènes. Je veux dire les baleines.

C'est alors que la femme lui donna un nom. Le lendemain, elle lui tendit une chemise en toile de jute, un bonnet propre pour couvrir sa chevelure incroyable et légèrement menaçante, puis lui dit d'aller garder les oies. Tu leur lances du grain, tu les conduis au point d'eau et tu les empêches de s'échapper. Les pieds nus de Sorrow luttaient contre la frustrante gravité de la terre ferme. Elle tituba et trébucha tant, ce premier jour à la mare, que lorsque deux oisons furent attaqués par un chien et qu'un certain chaos s'ensuivit, il lui fallut un temps infini pour rassembler le troupeau. Elle le garda encore quelques jours, jusqu'au moment où la femme finit par lever les bras et lui confier de simples tâches de nettoyage – dont elle ne s'acquitta jamais de manière satisfaisante. Mais le plaisir de tancer une servante incompétente valait bien plus que la satisfaction d'une tâche bien accomplie et la femme se plongeait dans une fureur joyeuse devant chaque coin mal balayé, le feu mal allumé, des pots mal récurés, un potager désherbé sans soin ou une volaille mal plumée. Sorrow se concentrait sur les heures de repas et sur l'art de s'échapper pour de courtes promenades avec Twin, des moments de jeux entre ou à la place des travaux. Il lui arrivait d'avoir secrètement une autre compagnie que celle de Twin, mais aucune ne valait Twin, qui était sa sécurité, son amusement, son guide.

La femme lui dit que c'était le sang de tous les mois, que toutes les femmes subissaient cela, et Sorrow la crut jusqu'au mois suivant et le suivant et encore le suivant, quand le sang ne revint pas. Elle en parla avec Twin, en se demandant si ce n'était pas là le résultat des manigances se déroulant derrière la pile de bardeaux, avec les deux frères, au lieu de ce que lui disait la femme. Parce que la douleur était à l'extérieur entre ses jambes, et pas à l'intérieur comme la femme avait dit que c'était naturel. La douleur était toujours là quand le bûcheron avait demandé à Sir de l'emmener, disant que sa femme ne pouvait plus la garder.

« Où est-elle ? » demanda Sir.

On appela Sorrow à la scierie.

« Quel âge ? »

Lorsque le bûcheron secoua la tête, Sorrow prit la parole : « Je crois que je dois avoir onze ans. »

Sir grommela.

« Ne vous occupez pas de son nom, dit le bûcheron. Vous pouvez l'appeler comme vous voulez. Ma femme l'appelle Sorrow parce qu'elle a été abandonnée. Elle est un peu sang-mêlé, comme vous pouvez le voir. Mais à part ça, elle travaille sans se plaindre. »

Au moment où il disait ces mots, Sorrow surprit le sourire en biais sur son visage.

Elle chevaucha sur la selle de Sir derrière lui pendant des miles avec un seul arrêt. C'était la première fois qu'elle montait à califourchon sur un cheval, et la brûlure lui fit monter les larmes aux yeux. Secouée par les cahots, accrochée à la veste de Sir, elle finit par vomir dessus. Il tira sur les rênes, alors, et la fit descendre pour la laisser se reposer tandis qu'il essuyait sa veste avec une feuille de tussilage. Elle accepta sa gourde, mais recracha la première gorgée avec ce qui lui restait dans l'estomac.

« Sorrow, la bien-nommée », marmonna Sir.

Elle fut heureuse quand ils arrivèrent près de la ferme de Sir et qu'il la fit descendre pour qu'elle finisse le chemin à pied. Il se retournait régulièrement pour s'assurer qu'elle n'était pas tombée ou qu'elle n'était pas à nouveau malade.

Twin sourit et tapa dans ses mains quand ils aperçurent la ferme. Durant tout le trajet, derrière Sir, Sorrow avait regardé autour d'elle avec une terreur qui aurait été encore plus profonde si elle n'avait pas en même temps souffert de la nausée et de la douleur. Des miles et des miles de pruches se dressaient comme autant de sombres mâts de bateau et, quand elles disparurent, de grands pins, aux troncs aussi épais que la longueur du cheval, projetèrent leurs ombres au-dessus de leurs têtes. Elle eut beau faire tous ses efforts, elle ne vit jamais leur cime qui, à son avis, devait bel et bien fendre le ciel. De temps à autre, une forme massive et couverte de poils, embusquée entre les arbres, les regardait passer. Une fois, un orignal traversa leur chemin et Sir dut faire un écart et forcer sa monture à virer quatre fois avant que celle-ci accepte de repartir. Si bien que lorsqu'elle suivit le cheval de Sir dans une clairière inondée de soleil et qu'elle entendit le caquètement des canards, ni elle ni Twin n'auraient pu se sentir plus soulagées. Contrairement à la femme du bûcheron, Mistress et Lina avaient toutes deux de petits nez droits ; la peau de Mistress était blanche comme le blanc de l'œuf, celle de Lina brune comme la coquille. Avant toute chose, nourriture ou repos, Lina voulut laver les cheveux de Sorrow. Elle n'était pas seulement soucieuse des brindilles et des bouts de paille qui s'y cachaient, elle craignait les poux. Cette peur surprit Sorrow qui croyait que les poux, comme les tiques, les puces ou tous les autres occupants du corps, étaient plutôt gênants que dangereux. Lina pensait différemment et, après le lavage de cheveux, elle frotta le corps de la fille vigoureusement deux fois avant de la laisser entrer dans la maison. Puis, secouant la tête d'un côté et de l'autre, elle lui donna un bout de chiffon propre pour se nettoyer les dents.

Sir, qui tenait Patrician par la main, annonça que Sorrow serait consignée dans la maison la nuit. Lorsque Mistress demanda pourquoi, il répondit : « On m'a dit qu'elle se sauvait. »

Dans le froid de cette première nuit, roulée en boule sur une paillasse posée près de la cheminée, Sorrow dormit et s'éveilla, elle dormit et s'éveilla, continuellement bercée par la voix de Twin décrivant les milliers d'hommes marchant sur les vagues en chantant des airs sans paroles. Comment leurs dents brillaient plus que les moutons blancs des vagues sous leurs pieds. Comment, tandis que le ciel s'obscurcissait et que la lune se levait, les contours de leur peau noire comme la nuit s'argentaient. Comment l'odeur de la terre, mûre et limoneuse, éclairait les yeux des membres de l'équipage mais faisait pleurer ceux qui marchaient sur la mer. Consolée par la voix de Twin et la graisse animale que Lina avait étalée sur ses parties intimes, Sorrow plongea dans le premier vrai et doux sommeil qu'elle ait connu depuis des mois.

Il n'empêche que, ce premier matin, elle vomit son petit déjeuner aussitôt après l'avoir avalé. Mistress lui donna de l'infusion d'achillée et la mit au travail dans le potager. Tout en déterrant des navets tardifs, elle entendait Sir qui cassait des cailloux dans un champ éloigné. Patrician était accroupie au bord du jardin, elle mangeait une pomme jaune tout en l'observant. Sorrow lui fit un signe de la main. Patricia lui rendit son signe. Lina apparut et fit rapidement déguerpir la petite fille. À partir de ce moment-là, il fut clair pour Twin, sinon pour Sorrow, que Lina décidait et dirigeait tout ce dont Sir et Mistress ne s'occupaient pas. Elle avait l'œil partout, même lorsqu'elle n'était nulle part. Elle se levait avant le chant du coq, entrait dans la maison encore plongée dans le noir, touchait une Sorrow encore endormie du bout de son mocassin, puis traînait tout en ravivant les braises. Elle examinait les paniers, regardait sous les couvercles des bocaux. Elle vérifie les provisions, pensait Sorrow. Non, lui dit Twin, elle regarde si tu n'as pas volé de nourriture.

Lina lui parlait très peu, pas même « bonjour », et seulement quand ce qu'elle avait à dire était urgent. Ce fut donc elle qui apprit à Sorrow qu'elle était enceinte. Lina avait pris un panier plein de millet des mains de Sorrow. Elle la regarda droit dans les yeux et lui dit : « Tu sais que tu vas avoir un enfant, mon enfant ? »

Sorrow en resta bouche bée. Puis elle rougit de plaisir à l'idée qu'une vraie personne, une personne à elle, grandissait en elle.

« Qu'est-ce que je devrais faire ? » demanda-t-elle.

Lina se contenta de la regarder fixement, de caler le panier sur sa hanche et de s'éloigner. Si Mistress le savait, elle n'en dit jamais rien, peut-être parce qu'elle était elle-même enceinte. Sorrow accoucha trop tôt, lui dit Lina, pour que le bébé puisse survivre, mais Mistress donna le jour à un gros garçon qui réjouit tout le monde – en tout cas pendant six mois. Ils le mirent avec son frère au pied de la colline derrière la maison et dirent les prières. Bien que Sorrow pensât avoir vu son nouveau-né bâiller, Lina l'enveloppa dans de la toile de jute et le mit à flotter dans la partie la plus large du fleuve, bien en aval du barrage des castors. Il n'avait pas de nom. Sorrow pleura, mais Twin lui dit de n'en rien faire. « Je suis toujours avec toi », dit-elle. C'était bien une consolation, mais il fallut des années avant que s'évanouissent les pensées obsédantes de Sorrow, qui voyait son bébé respirer de l'eau sous la paume de Lina. Elle n'avait personne à qui parler, elle se reposa donc de plus en plus sur Twin. Avec elle, Sorrow ne manquait jamais d'amitié ni de conver-sation. Même s'ils la faisaient dormir à l'intérieur, elle avait des histoires à écouter et elles pouvaient s'échapper ensemble dans la journée pour des balades et des escapades dans la forêt. Il y avait des cerises, aussi, et les noix données par le diacre. Mais elle devait être discrète. Un jour, il lui apporta un mouchoir qu'elle remplit de cailloux avant de le jeter dans le ruisseau, sachant qu'une pièce aussi fine soulèverait la colère de Lina et alerterait Mistress. Et, bien qu'un autre bébé de Mistress eût péri, Patrician restait en bonne santé. Pendant un certain temps, Lina sembla persuadée que la mort des garçons n'était pas la faute de Sorrow, mais quand un cheval brisa le crâne de Patrician, elle changea d'avis.

Puis vint Florens.

Et vint ensuite le forgeron. À deux reprises.

Lorsque Florens apparut durant cet amer hiver, Sorrow, curieuse et heureuse de voir à nouveau quelqu'un, sourit, sur le point de s'avancer pour toucher une des grosses nattes de la petite fille. Mais Twin l'arrêta, en se penchant tout près du visage de Sorrow, et cria : « Ne fais pas ça ! Ne fais pas ça ! » Sorrow reconnut la jalousie de Twin et repoussa son visage d'un geste de la main, mais elle ne fut pas assez rapide. Lina, qui avait enlevé son châle pour en entourer les épaules de l'enfant, la souleva et la porta jusque dans l'étable. À partir de ce moment-là, la fillette appartint à Lina. Elles dormaient ensemble, se baignaient ensemble, mangeaient ensemble. Lina lui cousait des vêtements et lui fabriqua de minuscules chaussures en peau de lapin. Chaque fois que Sorrow approchait, Lina lui disait : « Allez, ouste ! », ou bien elle l'envoyait faire quelque chose qui devait être accompli immédiatement, tout en s'assurant bien que tout le monde partageait la méfiance qui étincelait dans ses yeux. Sorrow se souvenait comment ces yeux-là s'étaient plissés et avaient brillé lorsque Sir l'avait installée dans la maison. Et même si Lina l'avait aidée lors de l'accouchement, Sorrow n'oublia jamais le bébé qui respirait de l'eau, chaque jour, chaque nuit, dans tous les fleuves du monde. Maintenue à distance de la nouvelle fillette comme elle l'avait été de Patrician, Sorrow se comporta ainsi qu'elle l'avait toujours fait – avec une indifférence placide envers tout le monde, sauf Twin.

Des années plus tard, quand apparut le forgeron, le climat de l'endroit changea. Pour toujours. Twin remarqua cela la première, elle dit que Lina avait peur du forgeron et voulait prévenir Mistress contre lui, mais l'avertissement demeura lettre morte. Mistress n'y prêta aucune attention. Elle se sentait trop heureuse pour être sur ses gardes, parce que Sir ne voyageait plus. Il était toujours là, il travaillait à la nouvelle maison, s'occupait des livraisons, tendait des ficelles d'un coin à un autre et discutait âprement avec le forgeron de la conception du portail. Lina avait peur; Mistress chantonnait de contentement; Sir était d'excellente humeur; Florens, bien sûr, était la plus éperdue.

Ni Sorrow ni Twin n'avaient vraiment réussi à savoir quoi penser du forgeron. Il paraissait accompli, ignorant l'effet qu'il produisait. Était-il le danger que Lina voyait en lui, ou la peur qu'elle ressentait n'était-elle que pure jalousie? Était-il le parfait partenaire de Sir pour la construction de la maison ou était-il la perdition de Florens, altérant son comportement du franc au sournois? Elles ne s'étaient pas encore décidées lorsque Sorrow, qui revenait du ruisseau un seau d'eau à la main, s'effondra, brûlante et tremblante, près du chantier. La chance pure voulut que le forgeron fût là et la vît tomber. Il la souleva et la posa sur la paillasse sur laquelle il dormait. Les bras et le visage de Sorrow étaient zébrés de marques. Le forgeron toucha les furoncles de son cou, puis il cria. Sir pointa la tête par le cadre de la porte et Florens approcha en courant. Mistress vint aussi et le forgeron demanda du vinaigre. Lina partit le chercher, et quand elle l'apporta, il en arrosa les furoncles et la peau du visage et des bras de Sorrow, la plongeant dans des spasmes de douleur. Les femmes avaient le souffle coupé et Sir demeurait le sourcil froncé; ensuite, le forgeron chauffa un couteau et ouvrit un des bubons. Ils regardèrent tous en silence tandis qu'il versait quelques gouttes du sang de Sorrow entre les lèvres de la jeune fille. Tous pensèrent qu'il valait mieux ne pas la garder dans la maison, et donc Sorrow resta à transpirer dans un hamac jour et nuit – sans aucune nourriture ni eau – tandis que les femmes l'éventaient tour à tour. La brise constante des éventails fit surgir le vent marin, ainsi que le Capitaine, la main posée sur le gouvernail. Elle l'entendit avant de le voir. Il riait. Un rire fort, rauque. Non. Il ne riait pas. Il hurlait. Avec les autres. Aigus et graves, les hurlements étaient lointains, de l'autre côté des nuages blancs qui l'entouraient. Des chevaux aussi. Donnant des coups de sabot. Libérés de la cale. Qui sautaient au-dessus des sacs de grain et renversaient les tonneaux, brisant les douves et déversant une épaisse noirceur sucrée. Mais elle ne pouvait toujours pas bouger ni transpercer les nuages. Poussant, poussant, elle tomba sur le sol tandis que les nuages la recouvraient et l'étouffaient, la persuadant que les hurlements étaient en fait les cris des mouettes. Lorsqu'elle revint à elle, des yeux, de la forme et de la couleur des siens, la saluèrent. Les nuages gonflés, qui n'étaient maintenant plus que de simples filaments, s'éloignèrent.

« Je suis là, dit la fille au visage parfaitement semblable au sien. Je suis toujours là. »

Avec Twin, elle avait moins peur, et toutes deux se mirent à fouiller le bateau silencieux et incliné. Doucement, tout doucement. Un coup d'œil ici, à l'écoute là, ne trouvant rien d'autre qu'un bonnet ou des mouettes piquant du bec les restes d'un jeune poulain.

Sous l'éventail agité, trempée de sueur, Sorrow se souvenait avoir gelé pendant des jours sur le bateau.

À part le vent glacé, rien ne bougeait. À l'arrière s'étendait la mer, à l'avant une plage rocheuse, sous une falaise de pierre et de broussailles. Sorrow n'avait jamais posé le pied sur la terre ferme et était terrifiée à l'idée de quitter le bateau pour gagner la côte. Cela lui était aussi étranger que l'océan pour un mouton. Twin rendit la chose possible. Lorsqu'elles descendirent, la terre – mauvaise, dure, épaisse, hostile – lui procura un choc. C'est alors qu'elle comprit pourquoi le Capitaine avait choisi de la garder à bord. Il ne l'élevait pas comme une fille, mais comme un genre de futur matelot. Sale, vêtue de pantalons, à la fois sauvage et docile, dotée d'un talent important : elle savait repriser et recoudre les voiles.

Mistress et Lina se disputèrent avec le forgeron quant à savoir s'il fallait ou non la forcer à boire ou à manger, mais il se montra inflexible et il l'emporta, elle ne devait rien avoir. Subjuguées par le couteau chauffé à blanc et le traitement avec le sang, elles n'insistèrent pas. Elles se contentèrent de l'éventer et de baigner les furoncles de vinaigre, rien d'autre. À la fin du troisième jour, la fièvre de Sorrow tomba, et elle supplia pour avoir de l'eau. Le forgeron lui tint la tête tandis qu'elle buvait quelques gorgées dans une gourde faite d'une courge sèche. Levant les yeux, elle vit Twin assise dans les branches surplombant le hamac, qui souriait. Assez vite, Sorrow dit qu'elle avait faim. Petit à petit, grâce au traitement du forgeron et aux soins de Florens, les furoncles séchèrent, les zébrures disparurent et ses forces lui revinrent. Leur jugement était maintenant clair : le forgeron était un sauveur. Lina, cela dit, devint franchement méchante dans les efforts qu'elle déploya pour éloigner Florens de la malade et du guérisseur, grommelant qu'elle avait déjà vu cette maladie quand elle était enfant et que cela allait se répandre comme des moisissures sur eux tous. Mais elle perdit sa bataille avec Florens. Sorrow se rétablit, tandis que Florens allait être frappée d'une maladie bien plus longue et bien plus fatale.

Ce fut alors qu'elle était allongée dans la prairie à l'orée de la forêt, écoutant Twin lui raconter une de ses histoires préférées, celle de l'école des poissons-filles qui avaient des perles à la place des yeux et des mèches d'algues vert foncé pour cheveux, qui se faisaient la course, chevauchant un groupe de baleines, que Sorrow vit pour la première fois le forgeron et Florens enlacés. Twin était juste arrivée au passage où les oiseaux marins, attirés par les traits d'écume qui suivaient les baleines telles des étoiles filantes, se joignaient à la course, quand Sorrow posa un doigt sur ses lèvres et en tendit un autre pour capter son attention. Twin se tut et regarda. Le forgeron et Florens ondulaient et, contrairement aux animaux femelles de la ferme quand ils étaient en chaleur, elle ne restait pas immobile sous le poids et la poussée du mâle. Ce que Sorrow vit là dans l'herbe sous un noyer ne fut pas la soumission silencieuse aux lentes manigances derrière une pile de bois ou aux agissements plus rapides sur un banc d'église qu'elle connaissait. Cette femelle-là s'étirait, donnait des coups de talon et secouait brusquement la tête à gauche, à droite, de-ci, de-là. C'était comme une danse. Florens roulait et se tordait sur son dos ou sur celui du forgeron. Il la soulevait contre le noyer ; elle pliait la tête dans le creux de son épaule. Une danse. À l'horizontale un instant, à la verticale l'instant suivant.

Sorrow regarda jusqu'à la fin ; jusqu'au moment où, titubant comme des vieux, ils se rhabillèrent. Tout fut vraiment terminé quand le forgeron attrapa les cheveux de Florens, lui tira la tête en arrière pour poser sa bouche sur la sienne. Puis ils partirent, chacun dans une direction différente. Elle n'en revenait pas d'avoir vu cela. De toutes les manigances qu'elle avait connues, personne ne lui avait jamais embrassé la bouche. Jamais.

Il fut donc naturel, une fois Sir enterré et quand Mistress tomba malade, d'envoyer chercher le forgeron. Qui vint. Seul. Il contempla un bon moment la grande et nouvelle maison, avant de descendre de cheval. Puis il jeta un coup d'œil sur le ventre de Sorrow, avant de croiser son regard et de lui tendre les rênes. Il se tourna vers Lina.

« Conduis-moi à elle », dit-il.

Sorrow se dépêcha de revenir après avoir attaché le cheval, aussi vite que son poids le lui permettait, et tous les trois entrèrent dans la maison. Il s'arrêta et, remarquant l'odeur, regarda dans le pot contenant l'infusion de sauge sauvage et autres produits du cru de Lina.

« Elle est alitée depuis combien de temps ?

— Cinq jours », répondit Lina.

Il poussa un grognement et entra dans la chambre de Mistress. Lina et Sorrow le regardèrent de la porte, alors qu'il s'accroupissait à côté du lit de la malade.

« Merci d'être venu, murmura Mistress. Allez-vous me faire boire mon propre sang ? J'ai peur de ne plus en avoir. En tout cas pas du sain. »

Il sourit et lui caressa le visage.

« Je suis en train de mourir ? » demanda-t-elle.

Il secoua la tête : « Non. La maladie est morte. Pas vous. »

Mistress ferma les yeux. Lorsqu'elle les rouvrit, ils étaient vitreux et elle les essuya du revers de sa main bandée. Elle le remercia encore plusieurs fois, puis dit à Lina de préparer quelque chose à manger pour le forgeron. Lorsqu'il quitta la pièce, Lina le suivit. Sorrow aussi, mais pas avant de s'être retournée pour un dernier coup d'œil. C'est alors qu'elle vit Mistress rejeter son couvre-lit et se mettre à genoux sur le sol. Sorrow la regarda délier les bandages de ses mains avec ses dents, puis presser ses paumes l'une contre l'autre. Observant tout autour d'elle cette pièce dans laquelle il lui était habituellement interdit de pénétrer, Sorrow remarqua les mèches de cheveux collées à l'oreiller mouillé, elle nota aussi l'air de grande faiblesse de la plante des pieds pâles de Mistress, qui dépassaient du bas de sa chemise de nuit. À genoux, la tête courbée, elle semblait totalement seule au monde. Sorrow comprit que les servantes, quel qu'en soit le nombre, n'y changeraient rien. D'une certaine façon, leurs soins et leur dévouement ne lui importaient pas du tout. Mistress n'avait donc personne – absolument personne. Sauf Celui auquel elle murmurait : « Merci, Seigneur, pour m'avoir fait la grâce de me sauver. »

Sorrow s'éloigna sur la pointe des pieds et sortit dans le jardin où l'air embaumant le pin gomma l'odeur de la chambre de la malade. Quelque part, un pic-vert tapa du bec. Lorsqu'elle vit des lièvres bondir dans les rangs de radis, Sorrow songea à les chasser mais, épuisée par son poids, elle décida de n'en rien faire. Elle s'assit sur l'herbe, plutôt, à l'ombre de la maison, et caressa les mouvements qui agitaient son ventre protubérant. Au-dessus d'elle, par la fenêtre de la cuisine, elle entendait le bruit d'un couteau, d'une tasse ou d'une assiette tandis que le forgeron mangeait. Elle savait que Lina était là aussi, mais celle-ci ne parla que lorsque le bruit d'une chaise que l'on repousse annonça que le forgeron se levait. Lina posa alors les questions que Mistress n'avait pas posées.

« Où est-elle ? Elle va bien ?

— Certainement.

— Quand reviendra-t-elle ? Qui va la ramener ? »

Un silence trop long pour Lina.

« Cela fait quatre jours, maintenant. Vous ne pouvez pas la garder contre sa volonté.

— Pourquoi le ferais-je ?

— Alors ? Dites-moi !

— Quand elle le décidera, elle reviendra. »

Silence.

« Vous restez pour la nuit ?

— En partie. Très obligé pour le repas. »

Sur ce, il sortit. En passant devant Sorrow, il lui rendit son sourire et commença à remonter la colline vers la nouvelle maison. Lentement, il caressa le fer forgé, une courbe ici, une jointure là, testant les dorures à la recherche d'écailles. Puis il alla sur la tombe de Sir et enleva son chapeau. Après un moment, il entra dans la maison vide et ferma la porte derrière lui.

Il n'attendit pas le lever du soleil. Fatiguée, mal à l'aise, Sorrow se planta dans le cadre de la porte pour le regarder s'éloigner à cheval dans l'obscurité précédant l'aube avec le bonheur serein d'un jeune poulain. Il fut vite évident, cela dit, que Lina demeurait plongée dans le désespoir. Les questions qui l'accablaient apparaissaient dans ses yeux : Qu'était-il vraiment en train d'arriver à Florens ? Allait-elle revenir ? Pouvait-on se fier au forgeron? Malgré la gentillesse et les pouvoirs de guérisseur de ce dernier, Sorrow se demandait si elle ne s'était pas trompée sur son compte et si Lina n'avait pas eu raison depuis le début. Pénétrée de la clairvoyance profonde que revendiquent les futures mères, Sorrow en doutait. Il lui avait sauvé la vie avec du vinaigre et avec son propre sang; il avait immédiatement pris la mesure de l'état de Mistress et su quel émollient il convenait de prescrire pour diminuer les cicatrices. Lina, simplement, se méfiait de quiconque se mettait entre elle et Florens. Entre les nouveaux soins à prodiguer à Mistress et le chemin à scruter à la recherche de Florens, il restait à Lina peu de temps ou d'inclination pour autre chose. Sorrow elle-même, incapable de se plier, de soulever le moindre poids ou même de marcher sur une petite distance sans respirer lourdement, était également à blâmer pour ce qui arrivait alors à la ferme. Les chèvres se sauvaient des cours du village et venaient détruire les deux jardins nouvellement plantés. Des couches d'insectes flottaient sur l'eau dans le tonneau que personne n'avait pensé à couvrir. Du linge humide laissé trop longtemps dans le panier commençait à moisir et aucune ne retournait à la rivière pour le relaver. Tout était à l'abandon. Le temps se faisait plus chaud, et, résultat de l'annulation de la visite du taureau d'un voisin, aucune vache ne vêla. Des arpents et des arpents de terre devaient être retournés; le lait caillait dans la casserole. Un renard venait piller le poulailler chaque fois que cela lui chantait de le faire et les rats mangeaient les œufs. Mistress n'allait pas se rétablir assez vite pour rattraper ce lamentable état de choses. Et sans son petit animal favori, Lina, le cheval de trait silencieux, semblait avoir perdu intérêt pour tout, y compris se nourrir. Dix jours de négligence, et l'effondrement se lisait partout. Ce fut donc dans le silence de l'après-midi d'une fraîche journée de mai, dans une ferme laissée sans soins et récemment accablée par la variole, que Sorrow perdit les eaux, ce qui la plongea dans la panique. Mistress n'était pas assez vaillante pour l'aider et, se souvenant du bâillement, Sorrow ne faisait plus confiance à Lina. Il lui était interdit d'entrer dans le village, elle n'avait aucun choix. Twin demeura absente, étrangement silencieuse ou hostile lorsque Sorrow voulut voir avec elle ce qu'il fallait faire, où il fallait aller. Dans le fragile espoir que Will et Scully seraient comme d'habitude postés sur leur radeau de pêche, elle prit un couteau et une couverture et se dirigea vers la rivière dès les premières douleurs. Elle resta là, seule, hurlant quand elle ne pouvait pas faire autrement, dormant dans l'intervalle, jusqu'au moment suivant lorsque son corps était brutalement déchiré et son souffle coupé. Des heures, des minutes, des jours – Sorrow n'aurait pu dire combien de temps s'écoula avant que les hommes entendent ses gémissements et fassent avancer leur radeau avec leurs piques vers le talus. Ils comprirent tous deux la difficile situation de Sorrow aussi vite que s'ils avaient vu une créature en train de mettre bas. Un peu maladroits, leur attention limitée à la survie du nouveau-né, ils se mirent au travail. Agenouillés dans l'eau pendant que Sorrow poussait, ils tiraient, soutenaient et tournaient la petite forme coincée entre ses jambes. Du sang et autre chose tombaient en volutes dans l'eau, ce qui attira de petits poissons. Lorsque le bébé, une fille, se mit à pleurer, Scully coupa le cordon, puis la tendit à sa mère qui la rinça, en tapotant sa bouche, ses oreilles et ses yeux qui ne voyaient pas encore. Les hommes se félicitèrent et proposèrent de porter la mère et l'enfant jusqu'à la ferme. Sorrow, répétant « Merci » à chaque respiration, déclina. Elle voulait se reposer et faire les choses à sa façon. Willard donna une bonne tape derrière la tête de Scully, en riant.

« Une vraie sage-femme, je te dis.

— Pas de ça », répondit Scully, tandis qu'ils avançaient dans l'eau pour regagner leur radeau.

Après l'expulsion du placenta, Sorrow enveloppa son enfant dans la couverture et somnola plus ou moins pendant plusieurs heures. À un moment, avant le coucher du soleil, elle fut éveillée par un cri et se pressa les seins jusqu'à ce que l'un d'eux donne quelque chose. Bien que toute sa vie elle ait été sauvée par des hommes – le Capitaine, les fils du bûcheron, Sir, et maintenant Will et Scully –, elle était persuadée que cette fois elle avait accompli quelque chose, quelque chose d'important, et toute seule. L'absence de Twin demeura à peine remarquée tant elle se concentrait sur sa fille. Immédiatement, elle sut comment l'appeler. Elle sut également comment se nommer elle-même.

Deux jours arrivèrent, puis passèrent. Lina cachait le dégoût que lui inspirait Sorrow et l'anxiété qu'elle éprouvait pour Florens sous un masque de grand calme. Mistress ne dit rien à propos du bébé, mais elle envoya chercher une bible et interdit à quiconque d'entrer dans la nouvelle maison. À un moment, Sorrow, poussée par la légitimité de son nouveau statut de mère, osa faire une remarque à Mistress : « Ce fut une bonne chose que le forgeron ait pu venir vous aider quand vous étiez mourante. »

Mistress la regarda fixement.

« Nan-nan-nan, répondit-elle. Seul Dieu guérit. Aucun homme n'a de tels pouvoirs. »

Il y avait toujours eu des liens emmêlés entre elles. Ils étaient maintenant coupés. Chacune des deux femmes s'isola dans une sorte d'embargo ; chacune tissa sa propre toile de pensées auxquelles personne d'autre n'avait accès. C'était comme si, avec ou sans Florens, elles s'éloignaient l'une de l'autre.

Twin avait disparu, sans traces et sans regret de la part de la seule personne qui la connaissait. L'errance de Sorrow prit également fin. Elle s'occupait désormais des tâches quotidiennes, les organisait autour des besoins de son bébé, totalement fermée aux plaintes des autres. Elle avait regardé dans les yeux de sa fille, y avait vu le brillant gris d'une mer d'hiver tandis qu'un bateau voguait sous le vent. « Je suis ta mère, dit-elle. Mon nom est Complete. »

Le voyage qui me mène vers toi est long et difficile mais la douleur qu'il me cause disparaît dès que je vois la cour, la forge et la petite maison de bois où tu te trouves. Je perds la peur de ne peut-être jamais pouvoir à nouveau connaître dans ce monde la vue de ton sourire chaleureux ou de goûter le sucre de ton épaule quand tu me prends dans tes bras. L'odeur du feu et des cendres me fait trembler, mais c'est la jubilation que je vois dans tes yeux qui me met le cœur sens dessus dessous. Tu me demandes comment et combien de temps et tu ris de mes vêtements et des écorchures qui me recouvrent le corps. Mais quand je te dis pourquoi, tu fronces les sourcils. Nous décidons, tu décides, et je suis d'accord parce qu'il n'y a pas d'autre solution. Tu vas aller tout de suite jusque chez Mistress, mais seul. Je vais t'attendre ici, tu dis. Je ne peux pas venir avec toi parce que tu iras plus vite tout seul. Et il y a aussi une autre raison, tu me dis. Tu tournes la tête. Mes yeux suivent ton regard.

Cela fait déjà deux fois. La première fois, c'est moi qui cherche tout autour de la jupe de ma mère sa main qui ne s'occupe que de son petit garçon. La deuxième fois c'est une petite fille hurlante qui me montre du doigt, cachée derrière sa mère et accrochée à ses jupes. Les deux fois sont pleines de danger et je suis l'exclue. Maintenant je vois un petit garçon qui s'approche, tenant dans ses bras une poupée de maïs. Il est plus jeune que tout ce que je peux connaître. Tu tends l'index vers lui et il l'attrape. Tu dis que c'est pour ça que je ne peux pas voyager avec toi. Cet enfant que tu appelles Malaik ne peut pas rester seul. C'est un enfant trouvé. Son père est couché sur les rênes et son cheval continue seul son chemin avant de s'arrêter pour brouter de l'herbe dans le sentier. Les gens du village s'approchent, comprennent qu'il est mort et trouvent le petit garçon assis tranquillement dans la charrette. Personne ne sait qui est l'homme mort et rien dans ses biens ne peut le dire. Tu l'acceptes jusqu'au moment futur où un villageois ou un magistrat va le placer, ce qui n'arrivera peut-être jamais parce que, bien que la peau de l'homme mort soit plutôt rosée, ce n'est pas le cas de celle du petit garçon. Il n'est peut-être donc pas du tout son fils. Ma bouche se fait toute sèche comme je me demande si tu voudrais que ce soit ton fils.

Je m'inquiète quand je vois le garçon s'avancer vers toi. Comment tu lui offres ton index et comment il le prend. Comme s'il était ton avenir. Et pas moi. Je n'aime pas ce que disent ses yeux quand tu l'envoies jouer dans la cour. Mais ensuite tu laves le voyage de mon visage et de mes bras et tu me donnes du ragoût. Ce n'est pas assez salé. Les morceaux de lapin sont épais et tendres. Ma faim est aiguë mais mon bonheur l'est encore davantage. Je n'arrive pas à manger beaucoup. Nous parlons de nombreuses choses différentes et je ne dis pas ce que je pense. Que je vais rester. Que lorsque tu reviendras après avoir soigné Mistress,

qu'elle soit vivante ou non, je serai ici avec toi pour
toujours. Jamais, jamais sans toi. Ici je ne suis pas celle
que l'on chasse. Personne ne me vole ma chaleur et
mes chaussures parce que je suis petite. Personne ne
s'occupe de mon postérieur. Personne ne bêle comme
mouton ou chèvre parce que je tombe de peur ou de
fatigue. Personne ne hurle en me voyant. Personne
n'étudie mon corps à la recherche de choses bizarres.
Avec toi mon corps est plaisir et sécurité et il a une
place. Je ne pourrai jamais supporter que tu ne m'aies
pas avec toi.

Je suis calme quand tu t'en vas bien que tu ne me
touches pas vraiment. Que tu ne poses pas ta bouche
sur la mienne. Tu te mets en selle et me demandes
d'arroser les pousses de haricots et de ramasser les
œufs. J'y vais mais les poules ne donnent rien, je
sais donc que *a minha mãe* va bientôt venir. Le petit
Malaik est tout près. Il dort derrière la porte qui mène
là où toi tu dors. Je suis calme, tranquille, je sais que
tu reviendras bientôt. Je retire les bottines de Sir et
m'allonge sur ton lit en essayant d'attraper ton odeur
de feu. Des tranches de lumière d'étoiles pénètrent par
les fentes des volets. *A minha mãe* se penche à la porte
en tenant son petit garçon par la main, elle a mes
chaussures dans la poche de son tablier. Comme toujours, elle essaie de me dire quelque chose. Je lui dis
de s'en aller, et quand elle s'éloigne j'entends un petit
craquement. Dans le noir je sais qu'il est là. De grands
yeux, interrogateurs et froids. Je me lève et vais vers lui
pour lui demander ce qu'il y a. Quoi Malaik, quoi. Il
reste silencieux mais la haine dans ses yeux en dit long.
Il veut que je m'en aille. Cela est impossible. Je sens la
poigne qui me serre à l'intérieur. Je ne peux pas être
chassée une fois encore.

Je rêve un rêve qui se retourne vers moi. Je suis à genoux dans l'herbe tendre où perce la luzerne. Il y a une douce odeur et je me penche pour la humer. Mais le parfum s'évanouit. Je remarque que je suis au bord d'un lac. Le bleu du lac est plus bleu que celui du ciel, plus bleu que tous les bleus que je connais. Plus bleu que les perles de Lina ou les têtes de chicorée. Je l'aime tant que je ne peux pas m'arrêter. Je veux y enfoncer mon visage profondément. Je veux le faire. Qu'est-ce qui me fait hésiter, qu'est-ce qui m'empêche de prendre le bleu magnifique de ce que je veux ? Je me force à m'approcher, à me pencher, je m'agrippe à l'herbe pour garder l'équilibre. Une herbe brillante, longue et humide. Aussitôt je prends peur quand je vois que mon visage n'est pas là. Là où devrait se trouver mon visage, il n'y a rien. J'enfonce un doigt et vois l'eau décrire des cercles. J'approche ma bouche assez près pour boire ou déposer un baiser, mais je ne suis même pas une ombre, là. Où mon visage se cache-t-il donc ? Pourquoi cela ? Peu après, Jane la Fille s'agenouille à côté de moi. Elle aussi regarde dans l'eau. Oh, ma précieuse, ne t'inquiète pas, dit-elle, tu vas le retrouver. Où, je lui demande, où est mon visage ? mais elle n'est plus à côté de moi. Lorsque je me réveille, *a minha mãe* se trouve devant ton lit et cette fois son petit garçon c'est Malaik. Il lui tient la main. Elle bouge les lèvres dans ma direction mais elle tient la main de Malaik dans la sienne. Je me cache la tête dans ta couverture.

Je sais que tu vas venir, mais arrive le matin et tu n'es pas là. Toute la journée. Malaik et moi nous attendons. Il se tient aussi loin de moi qu'il le peut. Je suis à l'intérieur, je vais parfois dans le jardin, mais jamais dans la même allée que lui. Je me fais tranquille, mais je suis déchaînée à l'intérieur, ne sachant comment me comporter. Des chevaux bougent dans la pâture d'un voisin. Les poulains, sur la pointe des sabots, ne restent jamais immobiles. Jamais immobiles. Je guette jusqu'à ce qu'il fasse trop noir pour y voir. Aucun rêve ne me vient cette nuit-là. Pas de *a minha mãe* non plus. Je suis allongée là où tu dors. Le lourd battement de mon cœur accompagne le bruit du vent. Mon cœur fait plus de bruit que le vent. Ton odeur de feu quitte la paillasse. Je me demande où elle va. Le vent se meurt. Les battements de mon cœur se joignent au bruit de pattes des souris.

Au matin, le garçon n'est pas là mais je prépare le porridge pour nous deux. Il est une fois de plus dans l'allée et il tient sa poupée de maïs bien serrée tout en regardant dans la direction où tu es parti. Soudain en le regardant je me souviens du profil de chien qui montait de la bouilloire chez la Veuve Ealing. Sur le moment, je ne peux pas vraiment en lire le sens. Maintenant je sais comment faire. Je monte la garde. Sinon je n'ai aucun moyen de comprendre comment me protéger. Je remarque tout d'abord que les bottines de Sir ont disparu. Je regarde partout, dans la maison, dans la forge, dans la cendre, qui fait mal à mes pieds nus. Des bouts de métal les brûlent et les mordent. Je regarde et vois les ondulations d'une couleuvre rayée qui se dirige vers le seuil. Je la regarde lentement ramper jusqu'à ce qu'elle se fige, morte sous le soleil. Je touche ton enclume. Elle est fraîche et lisse, mais elle chante la chaleur pour laquelle elle vit. Je ne retrouve pas les bottines de Sir. En faisant bien attention, sur la pointe des pieds, je regagne la maison et attends.

Le petit garçon quitte l'allée. Il entre dans la maison, mais refuse de manger ou de parler. Nous nous regardons fixement au-dessus de la table. Il ne cligne pas des yeux. Moi non plus. Je sais que c'est lui qui a volé les bottines de Sir qui m'appartiennent. Ses doigts s'agrippent à la poupée. Je crois que c'est là que réside son pouvoir. Je la lui prends et la pose sur une étagère trop haute pour lui. Il hurle et hurle encore. Des larmes coulent. Malgré mes pieds ensanglantés, je cours dehors pour ne plus l'entendre. Il ne s'arrête pas. Pas du tout. Une charrette passe. Le couple qui s'y trouve jette un coup d'œil, mais ils ne me saluent pas et ne s'arrêtent pas non plus. Le garçon finit par se taire et je rentre dans la maison. La poupée n'est plus sur l'étagère. Elle est abandonnée dans un coin comme un enfant précieux dont personne ne veut. Ou pas. La poupée est peut-être là, qui se cache. Qui se cache de moi. De peur. Alors ? Quelle est la bonne lecture ? Le porridge coule de la table. Le tabouret est renversé. En me voyant, le petit garçon recommence à hurler et c'est alors que je l'attrape. Je veux l'arrêter mais pas lui faire de mal. C'est pour ça que je tire sur son bras. Pour qu'il s'arrête. Arrête ça. Et, oui, j'entends bien l'épaule craquer mais c'est juste un petit bruit, rien de plus que le craquement que produit l'aile d'une grouse rôtie quand on l'arrache, chaude et tendre, du reste du corps. Il hurle et hurle encore avant de s'évanouir. Un peu de sang coule de sa bouche quand il heurte le coin de la table. Juste un peu. Il tombe évanoui au moment même où je t'entends appeler. Je n'entends pas ton cheval, juste ton cri, et je sais que je suis perdue parce que ce n'est pas mon nom que tu cries. Pas le mien. Le sien. Malaik, tu cries. Malaik.

Lorsque tu le découvres immobile et affalé sur le sol avec ce filet de rouge à la bouche, ton visage s'effondre. Tu m'écartes violemment en criant : Mais qu'est-ce qui te prend ? En criant : Tu n'as donc aucune pitié ? Tu le soulèves avec une telle tendresse, ce petit garçon. Lorsque tu vois l'angle suivant lequel pend son bras, tu cries. Le garçonnet ouvre les yeux, puis s'évanouit à nouveau quand tu lui tords le bras pour le remettre en place. Oui, il y a du sang. Un peu. Mais tu n'es pas là quand ça s'est fait, alors comment sais-tu que j'en suis la cause ? Pourquoi m'écartes-tu d'un coup sans être certain de ce qui est vrai ? Tu vois le garçonnet à terre et tu vois le mal en moi sans poser de questions. Tu as raison, mais pourquoi ne pas poser de questions ? Il te faut d'abord me donner le coup qui m'écarte. Le dos de ta main me frappe le visage. Je tombe et me replie sur le sol. Bien serrée. Aucune question. Tu choisis l'enfant. Tu appelles son nom d'abord. Tu le prends pour l'allonger avec la poupée et tu tournes vers moi ton visage brisé, tes yeux sans aucune joie, les veines de ton cou gonflées et palpitantes. Je suis perdue. Aucun mot de regret pour m'avoir fait tomber d'une gifle. Pas de doigts tendres pour me toucher là où tu m'as fait mal. Je me recroqueville de peur. Je lisse les plumes qui se hérissent.

Ta maîtresse va mieux, tu dis. Tu dis que tu vas engager quelqu'un pour me ramener à elle. Loin de toi. Chaque mot qui suit me blesse.

Pourquoi tu me tues, je demande.

Je veux que tu partes.

Laisse-moi t'expliquer.

Non. Tout de suite.

Pourquoi ? Pourquoi ?

Parce que tu es une esclave.

Quoi?

Tu m'as entendu.

C'est Sir qui a fait de moi une esclave.

Je ne parle pas de lui.

De qui alors?

De toi.

Qu'est-ce que tu veux dire? Je suis une esclave parce que Sir m'a achetée.

Non. Tu en es devenue une.

Comment?

Ta tête est vide et ton corps est fou.

Je t'adore.

Tu es esclave de cela également.

Toi seul me possèdes.

Possède-toi toi-même, femme, et laisse-nous. Tu aurais pu tuer cet enfant.

Non. Attends. Tu me plonges dans le malheur.

Tu n'es rien d'autre que la sauvagerie incarnée. Aucune limite. Aucun esprit.

Tu hurles ce mot – esprit, esprit, esprit –, tu le répètes et puis tu ris, en disant que je vis et que je respire, par choix, comme une esclave.

À genoux, je tends les mains vers toi. Je rampe vers toi. Tu recules en me disant de m'en aller.

Je suis pétrifiée. Tu veux dire que je ne suis rien pour toi? Que je n'ai aucune importance dans ton monde? Mon visage absent dans l'eau bleue, tu ne le trouves que pour l'écraser? À présent, je vis cette mort à l'intérieur. Non. Pas encore. Jamais plus. Les plumes se hérissent, je les déploie. Les serres griffent et griffent encore jusqu'au moment où le marteau se retrouve dans mes mains.

Jacob Vaark sortit de sa tombe pour visiter sa belle maison.

« C'est normal, dit Willard.

— Je le ferais aussi », répond Scully.

C'était toujours la maison la plus grandiose de toute la région, et pourquoi ne pas y passer l'éternité? Lorsqu'ils remarquèrent tout d'abord l'ombre, Scully, sans être certain que ce fût vraiment Vaark, pensa qu'ils devaient se rapprocher tout doucement. Willard, au contraire, qui s'y connaissait en esprits, le prévint des conséquences qu'il y avait à réveiller les morts qui se relevaient. Nuit après nuit, ils guettèrent, jusqu'au moment où ils furent convaincus que personne d'autre que Jacob Vaark ne passerait du temps à hanter cet endroit : il n'y avait pas eu d'occupants avant lui et Mistress interdisait à quiconque d'y entrer. Les deux hommes respectaient, à défaut de la comprendre, la façon dont elle raisonnait.

Pendant des années les fermiers des alentours avaient constitué tout ce que les deux hommes pourraient un jour connaître comme famille. Un couple au grand cœur (les parents), et trois servantes (les sœurs, disons) et eux, les fils bien utiles. Chacun dépendant d'eux, aucun n'est cruel, tous sont gentils. Surtout le maître qui, contrairement à leur propriétaire plus ou moins toujours absent, ne jurait jamais et ne les menaçait jamais. Il leur donnait même du rhum en cadeau pour Noël, et une fois, lui et Willard avaient partagé une bonne cuite à même la bouteille. Sa mort les avait assez attristés pour les pousser à désobéir aux ordres de leur propriétaire d'éviter l'endroit, infesté par la variole ; ils s'étaient portés volontaires pour creuser la dernière, sinon l'ultime, tombe dont sa veuve aurait besoin. Sous une pluie battante, ils avaient retiré cinq pieds de boue et s'étaient dépêchés de descendre le corps avant que le trou se remplisse d'eau. Maintenant, treize jours plus tard, l'homme mort avait quitté sa tombe, il s'en était échappé. Tout à fait comme il avait l'habitude d'apparaître soudain après des semaines de voyage. Ils ne le virent pas – sa silhouette ou son visage bien nets –, mais ils virent son embrasement spectral. Il se mit à briller vers minuit, flotta un moment au premier étage, disparut, puis avança très très lentement de fenêtre en fenêtre. Puisque Master Vaark se contentait d'errer dans sa maison sans apparaître ailleurs, en effrayant tout le monde, Willard trouvait que c'était sûr et convenable pour lui et Scully de rester loyaux et d'aider Mistress à réparer la ferme ; à la préparer, aussi, car on ne s'était pas occupé de grand-chose après qu'elle était tombée malade. Juin allait arriver et pas un seul sillon n'avait été retourné. Les shillings qu'elle leur offrit furent le premier argent qu'ils aient jamais reçu en salaire, ce qui éleva leur travail du devoir au dévouement, de la pitié au profit.

Il y avait beaucoup à faire parce que, aussi robustes qu'aient toujours été les femmes, elles semblaient affolées, plus lentes, maintenant. Avant, comme après que le forgeron avait soigné Mistress et que la fille, Florens, était revenue là où elle devait être, un linceul était comme descendu sur elles. Pourtant, disait Willard, Lina continuait à faire son travail avec soin, avec calme, mais Scully n'était pas d'accord, il trouvait qu'elle bouillonnait. Comme des pommes vertes qui tremblent trop longtemps dans l'eau bouillante, avec la peau sur le point de se fendre, et qui doivent être retirées rapidement, pour refroidir avant de s'écraser en compote. Et Scully était bien placé pour le savoir puisqu'il avait passé des heures au fil des années à la regarder en secret prendre ses bains dans la rivière. Les libres coups d'œil sur ses fesses, sur sa taille, sur ses seins couleur de sirop n'étaient plus possibles. Il regrettait surtout ce qu'il ne voyait nulle part ailleurs : des cheveux féminins dénudés, agressifs, séduisants, noirs comme la sorcellerie. Les voir mouillés, collés et ondulant sur son dos était une joie tranquille. Maintenant, c'était fini. Là, où que ce fût, où elle se baignait, il était sûr qu'elle allait sans doute exploser.

Mistress avait également changé. Le deuil, disait Willard, la maladie – les effets de tout cela étaient clairs comme le jour. Ses cheveux, les mèches cuivrées qui jadis sortaient du bonnet, étaient devenus de pâles filaments entourant ses tempes et ajoutant de la mélancolie à ses traits nouvellement austères. Quittant le lit après sa maladie, elle avait repris le contrôle, d'une certaine manière, mais elle évitait toutes les tâches fatigantes qu'elle entreprenait avant avec plaisir. Elle ne lavait plus le linge, ne plantait plus rien, ne désherbait plus jamais. Elle faisait la cuisine et reprisait. Sinon elle passait son temps à lire la Bible ou à recevoir une ou deux personnes du village.

« Elle se remariera, je crois, dit Willard. Vite.

— Pourquoi vite ?

— C'est une femme. Comment peut-elle tenir la ferme ?

— Avec qui ? »

Willard ferma les yeux. « Le village y pourvoira. » Il eut un petit rire hoquetant en repensant à la gentillesse du diacre.

Seul le changement de Sorrow leur semblait être une amélioration ; elle était moins confuse, plus capable d'effectuer des tâches. Mais son bébé passait en premier et elle reculait le moment de ramasser les œufs, de traire les vaches, ou elle interrompait tout travail dans les champs si elle entendait le moindre murmure venant du bébé qui se trouvait toujours tout près d'elle. Ils l'avaient aidée lors de l'accouchement, ils endossèrent le statut de parrains et proposèrent même de s'occuper du bébé quand Sorrow en aurait besoin. Elle déclina, non qu'elle ne leur fît pas confiance ; elle avait confiance en eux, mais elle avait besoin de se faire confiance à elle-même.

La plus étrange était Florens. La docile créature qu'ils avaient connue était devenue une bête sauvage. Lorsqu'ils la virent arriver à pas lourds sur la route deux jours après que le forgeron était passé voir Mistress puis reparti, ils mirent du temps à voir en elle une personne vivante. Tout d'abord parce qu'elle était couverte de sang et débraillée, et ensuite parce qu'elle leur était passée devant sans s'arrêter. Il est sûr qu'une apparition soudaine d'hommes en sueur sortant de derrière les arbres bordant la route aurait fait sursauter un être humain, tout être humain, surtout une femme. Mais celle-là ne regarda même pas dans leur direction ni ne changea son allure. Les deux hommes, essoufflés et toujours terrifiés parce qu'ils l'avaient échappé belle, s'étaient écartés d'un bond de son chemin. Dans leurs esprits effrayés, tout pouvait arriver. Ils couraient tous deux aussi vite qu'ils le pouvaient pour retrouver le bétail dont ils avaient la charge avant que les truies dévorent leurs portées. Ils avaient passé la majeure partie de la matinée à se cacher d'un ours en colère, un incident douloureux dont ils s'accordaient à penser que c'était la faute de Willard. La perdrix piégée accrochée à la taille du plus vieux des deux hommes allait suffire pour deux repas chacun. Il était imprudent de forcer leur bonne fortune et de traîner pour qu'il puisse se reposer sous un bouleau en tirant sur sa pipe. Ils savaient tous deux ce qu'une bouffée de fumée pouvait causer dans les bois où l'odeur était essentielle : fuir, attaquer, se cacher, ou, dans le cas d'une ourse, venir voir. Lorsque le laurier qui avait abrité les perdrix craqua soudain, Willard se redressa, tendant la main pour faire comprendre à Scully de rester silencieux. Scully posa la main sur son couteau et se redressa aussi. Après un moment d'un calme inquiétant – ni appels d'oiseaux ni petits cris d'écureuils –, l'odeur les submergea au moment même où l'ourse écrasa le buisson de laurier en claquant les mâchoires. Ne sachant lequel des deux elle allait choisir, ils se séparèrent, chacun courant en espérant avoir fait le bon choix, dans la mesure où jouer au mort n'était pas envisageable. Willard se cacha derrière une corniche, éteignit sa pipe avec son pouce et pria pour que la corniche d'ardoise bloque la direction dans laquelle soufflait le vent. Scully, certain de sentir un souffle chaud sur sa nuque, bondit sur la branche la plus basse et s'y accrocha. Mal lui en prit. Elle-même une grimpeuse d'arbres, l'ourse n'avait qu'à se dresser pour lui coincer le pied dans ses mâchoires. Apeuré mais pas couard pour autant, Scully décida cependant de faire au moins un dernier et puissant geste de défense, même si c'était désespéré. Il sortit son couteau, se tourna et, sans même viser, l'enfonça de toutes ses forces dans la tête de l'agile masse noire s'agitant en contrebas. Pour une fois le désespoir fut un cadeau. La lame toucha sa cible et glissa comme une aiguille dans l'œil de l'ourse. Le rugissement fut terrible et, griffant l'écorce, elle tomba lourdement au sol sur ses pattes arrière. Un cercle de chiens hurlants n'aurait pu la rendre davantage furieuse. Montrant les dents, se dressant, elle tapa sur la lame enfoncée jusqu'à la faire sortir et tomber. Puis, se remettant à quatre pattes, elle roula des épaules et secoua la tête d'un côté et de l'autre. Scully eut l'impression qu'un très long moment s'écoula avant que le grognement d'un ourson capte son attention et que, déséquilibrée par l'aveuglement qui diminuait encore sa vue naturellement médiocre, elle s'éloigne lourdement pour retrouver ses petits. Scully et Willard attendirent, l'un caché dans un arbre comme un ours piégé, l'autre accroché à son rocher, tous deux craignant qu'elle revînt. Finalement convaincus qu'elle ne reviendrait pas, reniflant précautionneusement l'odeur de la fourrure, guettant un grognement, le mouvement de l'autre, ou le retour des chants d'oiseaux, ils émergèrent. Lentement, très lentement. Puis ils se mirent à courir. C'est au moment où ils sortaient du bois comme des flèches et débouchaient sur la route qu'ils virent la forme féminine marcher vers eux. Plus tard, lorsqu'ils en parlèrent, Scully décida qu'elle ressemblait moins à une apparition qu'à un soldat anglais blessé, pieds nus, en sang mais toujours fier.

Vendu pour sept ans à un planteur de Virginie, le jeune Willard Bond s'attendait à être libre à vingt et un ans. Mais trois années avaient été ajoutées à son temps pour infractions diverses – vols et attaques – et il fut reloué à un cultivateur de blé, loin dans le nord. Après deux moissons, le blé succomba à une tempête de vent et le propriétaire se mit à s'occuper de bétail varié. Pour finir, comme le fourrage exigeait de plus en plus de pâtures, le propriétaire fit un troc terre-contre-travail avec son voisin, Jacob Vaark. Mais un seul homme ne pouvait s'occuper de tant de bêtes. L'apport d'un jeune garçon aida.

Avant l'arrivée de Scully, Willard avait supporté des jours difficiles et solitaires à surveiller le bétail pendant qu'il paissait ou s'accouplait, avec comme seul réconfort le souvenir des temps plus difficiles mais plus satisfaisants passés en Virginie. Aussi brutal que ce travail fût, les jours n'étaient pas mornes et il avait de la compagnie. Là-bas, il était un des vingt-trois hommes qui travaillaient dans les champs de tabac. Six Anglais, un indigène, et douze hommes venus d'Afrique en passant par La Barbade. Aucune femme en vue. La camaraderie entre eux était scellée par leur haine commune envers l'intendant et l'odieux fils du maître. Ce fut contre ce dernier que fut dirigé l'assaut. Le vol d'un jeune porc fut ensuite inventé et lancé juste pour allonger la dette de Willard. Il eut du mal à s'habituer à la région plus froide et plus rude où on le déplaça. La nuit, dans son hamac, piégé dans la vaste obscurité animée, il s'armait contre les vivants comme contre les morts. Les yeux brillants d'un orignal pouvaient facilement être ceux d'un démon, tout comme les hurlements d'âmes torturées pouvaient être en fait les appels joyeux des loups. La peur de ces nuits solitaires s'emparait de ses jours. Porcs, moutons et bovins étaient ses seuls compagnons, jusqu'au jour où le propriétaire revint et emporta les meilleures bêtes pour l'abattoir. L'arrivée de Scully fut accueillie avec joie et soulagement. Et lorsque leurs tâches s'étendirent à une aide occasionnelle à apporter au domaine Vaark, et qu'ils développèrent une relation facile avec les gens de là-bas, Willard finit par ne plus trop boire et n'eut plus que de rares écarts de comportement. Au début, il avait fui deux fois, pour se faire reprendre dans la cour d'une taverne et écoper d'une autre extension de son temps de servitude.

Sa vie sociale s'améliora encore davantage lorsque Vaark décida de construire la grande maison. Il fit à nouveau partie d'une équipe de travailleurs, qualifiés ou pas, et quand vint le forgeron, les choses devinrent de plus en plus intéressantes. Non seulement la maison était grandiose et le domaine impressionnant, mais le portail en était spectaculaire. Sir voulait un travail élaboré sur les deux battants, mais le forgeron le persuada de n'en rien faire. Le résultat fut des lignes hautes de trois pieds de barres verticales surmontées d'une unique forme pyramidale. Ces barres de fer conduisaient en suite nette au portail, dont chaque côté était couronné par une exubérance de vigne vierge. Ou c'est ce qu'il pensait. En y regardant de plus près, il vit que les tiges dorées étaient en fait des serpents, avec les écailles et tout, qui ne se terminaient pas en crocs mais en fleurs. Lorsque le portail était ouvert, chacune séparait ses pétales de l'autre. Lorsqu'il était fermé, leurs corolles se mêlaient.

Il admirait le forgeron et son art. Une opinion qui dura jusqu'au jour où il vit de l'argent passer de la main de Vaark à celle du forgeron. Le tintement de l'argent était aussi clair que son éclat. Il savait que Vaark s'enrichissait grâce à ses investissements dans le rhum, mais apprendre que le forgeron était payé pour son travail, comme les hommes qui livraient le matériel de construction, contrairement aux hommes avec lesquels il travaillait en Virginie, perturba Willard et, encourageant Scully à faire de même, il refusa toute demande faite par l'homme noir. Il refusa d'abattre du bois de châtaignier, de transporter le charbon ou de faire fonctionner le soufflet, et il « oublia » de protéger le bois vert de la pluie. Vaark les punit tous les deux, ce qui les plongea dans une docilité maussade, mais ce fut en fait le forgeron lui-même qui calma Willard. Willard avait deux chemises, l'une possédant un col, l'autre qui ressemblait davantage à une guenille. Le matin où il glissa sur du crottin frais et déchira la chemise dans le dos du haut en bas, il se changea et mit la bonne chemise avec le col. En arrivant sur place, il surprit le regard du forgeron, puis son hochement de tête et enfin son pouce pointé en l'air en signe d'approbation. Willard ne savait jamais si on se moquait de lui ou si on lui faisait des compliments. Mais quand le forgeron lui dit : « Bonjour, monsieur Bond », cela le titilla. En Virginie, les baillis, les shérifs, les petits enfants, les prédicateurs – personne n'avait jamais même songé à l'appeler monsieur, et il ne s'y attendait pas non plus. Il connaissait son rang, mais ne savait pas combien une petite forme de courtoisie pouvait remonter le moral. Farce ou pas, cette première fois ne fut pas la dernière parce que le forgeron ne manqua jamais de l'appeler ainsi. Bien qu'il fût encore irrité par le statut de cet Africain libre comparé au sien, il n'y pouvait rien. Aucune loi n'existait pour défendre les engagés contre eux. Mais le forgeron avait du charme et lui, il aimait beaucoup qu'on l'appelle monsieur. En gloussant intérieurement, Willard comprenait pourquoi la fille, Florens, était folle de cet homme. Il l'appelait sans doute « mademoiselle » ou même « ma dame » lorsqu'ils se retrouvaient dans les bois pour leurs batifolages du soir. Cela devait l'exciter, pensait-il, si jamais elle avait besoin de quelque chose de plus que le simple sourire de cet homme noir.

« De toute ma vie, dit-il à Scully, je n'ai jamais rien vu de tel. Il la prend quand et où il veut et elle lui court après comme une louve si elle ne l'a pas sous les yeux. S'il repart à sa forge un jour ou deux, elle boude jusqu'au moment où il revient en apportant ce qu'il a fondu. À côté, Sorrow a l'air d'une quaker. »

Simplement âgé de quelques années de plus que Florens, Scully était moins stupéfait que Willard par le grand changement survenu dans son comportement. Il se pensait un juge astucieux des caractères, il sentait que, contrairement à Willard, il avait un instinct rusé et sûr pour deviner le cœur des autres. Willard jugeait les gens d'après leur apparence ; Scully regardait les profondeurs. Même s'il aimait beaucoup la nudité de Lina, il voyait en elle de la pureté. Sa loyauté, croyait-il, n'était pas de la soumission à Mistress ou à Florens ; c'était un signe de sa propre estime d'elle-même – une façon d'être fidèle à elle-même. L'honneur, peut-être. Et, tout en se joignant à Willard pour se moquer de Sorrow, Scully la préférait aux deux autres servantes. S'il avait eu envie de séduire, c'est elle qu'il aurait choisie : elle avait un air rébarbatif, compliqué, distant. Les yeux qui ne cillaient pas, gris fumée, n'étaient pas vides, mais en attente. C'était justement cet air d'attente en embuscade qui troublait Lina. Tout le monde sauf lui pensait qu'elle était simple d'esprit parce qu'elle parlait à haute voix quand elle était seule, mais qui ne le faisait pas ? Willard saluait régulièrement les brebis et Mistress se donnait toujours des recommandations lorsqu'elle accomplissait quelque tâche en solitaire. Et Lina... Elle répondait aux oiseaux comme s'ils lui demandaient conseil sur la meilleure façon de voler. Écarter Sorrow comme la « bizarre », c'était ignorer son sens rapide et avisé de sa position. Son quant-à-soi la protégeait ; la facilité avec laquelle elle s'accouplait était un cadeau qu'elle se faisait. Lorsqu'elle était enceinte, elle resplendissait, et quand vint le moment elle sut aller chercher de l'aide au bon endroit et auprès des bonnes personnes.

D'un autre côté, s'il avait été plus intéressé par le viol, Florens aurait été sa proie. Il était facile de remarquer ce mélange de vulnérabilité, de désir de plaire et, surtout, cette facilité à se blâmer pour la méchanceté des autres. De toute évidence, à la voir maintenant, cela n'était plus vrai. À la seconde où il la vit marcher sur la route – fantôme ou soldat –, il comprit qu'elle était devenue intouchable. La reconnaissance qu'il eut alors de son inviolabilité, cependant, était impersonnelle. À part cette obsession de voyeur pour le corps de Lina, Scully n'avait aucun intérêt charnel pour les femmes. Il y avait longtemps, le monde des hommes et des hommes seulement l'avait marqué et, dès le moment où il l'avait vu pour la première fois, il n'avait jamais douté de l'effet que le forgeron aurait sur

Florens. Par conséquent, le changement de « Prends-moi quand tu veux » à « Ne me touche pas, jamais » lui semblait aussi prévisible qu'il était évident.

De même, l'opinion que Scully avait de Mistress était moins généreuse que celle de Willard. Il ne la détestait pas mais trouvait que son attitude, après la mort du maître et sa propre guérison, n'était pas seulement due aux effets de la mauvaise santé et du deuil. Mistress passait ses journées aussi joyeuse qu'une horloge. Elle était devenue une pénitente, purement et simplement. Ce qui voulait dire pour lui que sa piété était quelque chose de froid, voire de cruel. Refuser d'entrer dans la grande maison, celle dont la construction l'avait ravie, lui paraissait être un châtiment non seulement pour elle-même mais pour tout le monde, et pour son mari mort, en particulier. Ce que le mari et la femme avaient tous deux aimé, et même célébré, elle le méprisait maintenant comme étant des signes des troisième et septième péchés capitaux. Elle avait certes adoré cet homme en vie, mais qu'il la quitte l'avait dévastée. Comment ne pouvait-elle pas alors chercher un moyen d'infliger une petite vengeance, de lui montrer comme elle allait mal et combien elle était en colère?

En ses vingt-deux années de vie, Scully avait vu beaucoup plus de la folie humaine que Willard. À douze ans, il avait déjà été éduqué, aimé et trahi par un vicaire anglican. Il avait été loué au synode par son soi-disant père après la mort de sa mère, survenue sur le sol de la taverne où elle travaillait. Le propriétaire de la taverne avait exigé trois ans de travail de Scully pour payer l'engagement de sa mère, mais le « père » était apparu, avait soldé le compte et vendu les services de son fils, avec deux fûts de vin espagnol, au synode.

Scully n'en avait jamais voulu au vicaire pour sa trahison ni pour les coups de fouet qui avaient suivi, parce que le vicaire avait dû transformer les choses et mettre les circonstances dans lesquelles ils s'étaient fait prendre sur le compte de la lascivité du garçon, car il aurait sinon été non seulement défroqué mais surtout exécuté. D'accord pour penser que Scully était trop jeune pour être irrémédiablement incorrigible, les anciens l'avaient donné à un propriétaire terrien qui avait besoin de quelqu'un pour travailler avec un berger au loin. Dans une zone rurale, à peine peuplée, où, ils l'espéraient, le jeune garçon pourrait au mieux s'amender et où au pire il n'aurait aucune possibilité d'en corrompre d'autres. Scully pensa à s'évader dès son arrivée dans cette région. Mais le troisième jour, une violente tempête d'hiver gela et couvrit la terre de trois pieds de neige. Les vaches moururent sur pied. Des étourneaux gelés restèrent collés aux branches ployant sous la neige. Willard et lui dormaient dans la grange avec les moutons et le bétail qui était abrité là, laissant tout seuls ceux qui n'avaient pas pu être sauvés. Là, dans la chaleur animale, leurs deux corps serrés l'un contre l'autre, Scully changea ses plans, ce qui ne gêna pas du tout Willard. Ce dernier aimait boire, mais Scully, qui avait dormi sous le comptoir d'une taverne toute son enfance et qui avait vu les effets de la boisson sur sa mère, évitait la bouteille. Il décida de prendre son temps jusqu'au moment où, grâce à l'argent qu'il toucherait en retrouvant la liberté, il pourrait acheter un cheval. Le chariot, la charrette ou la voiture tirée n'étaient pas supérieurs au cheval monté. Tous ceux qui étaient forcés d'aller à pied ne semblaient jamais aller nulle part.

Au fil des années, il demeura mentalement fougueux tout en pratiquant la patience, alors même que ses espoirs se faisaient plus minces. Puis Jacob Vaark mourut et sa veuve se mit à dépendre de lui et de Willard à tel point qu'elle les paya. En quatre mois, il avait déjà accumulé seize shillings. Avec quatre livres, peut-être moins, il pourrait avoir un cheval. Et quand on y ajouterait l'argent de la liberté – marchandises, récolte ou argent équivalent à vingt-cinq livres (ou bien étaient-ce dix?) –, les années de péonage auraient valu la peine. Il ne voulait pas passer sa vie uniquement à la recherche de nourriture et d'amour. En attendant, il ne faisait rien pour déranger Mistress Vaark ou pour lui donner la moindre raison de le renvoyer. Il fut très agacé lorsque Willard prédit qu'elle allait vite se remarier. Un nouveau mari dirigeant la ferme pouvait créer des arrangements très différents, des arrangements qui ne l'incluaient pas. L'occasion de travailler pour et parmi des femmes leur offrait à Willard et à lui certains avantages. Même si elles étaient nombreuses, même si elles étaient diligentes, elles n'abattaient pas les arbres de soixante pieds, ne construisaient pas de poulailler, ne réparaient pas les selles, ne tuaient pas et ne découpaient pas les bœufs, elles ne ferraient pas les chevaux et ne chassaient pas. Et donc, tout en observant le mécontentement qui émanait de Mistress, il faisait tout son possible pour lui plaire. Lorsqu'elle battit Sorrow, qu'elle fit démonter le hamac de Lina, lorsqu'elle fit savoir qu'elle voulait vendre Florens, il se hérissa à l'intérieur mais ne dit rien. Pas seulement parce qu'il n'était pas chez lui, mais aussi parce qu'il était résolu à sortir une fois pour toutes de la servitude et que pour ce faire l'argent était sa garantie. Pourtant, chaque fois que c'était possible, et en secret, il tentait d'adoucir ou d'effacer les souffrances infligées par Mistress. Il prépara une boîte pour le bébé de Sorrow, la doubla d'une peau de mouton. Il déchira même l'affichette clouée au village (mais il ne vit pas celle qui se trouvait dans la salle du culte). Lina, cela dit, demeurait inapprochable, ne demandant rien et n'acceptant qu'avec réticence ce qui lui était proposé. Le fromage de tête que lui et Willard avaient confectionné était toujours enveloppé dans son torchon, dans l'abri à outils où elle dormait désormais.

Tels furent les ravages causés par la mort de Vaark. Et voilà ce qui se produisait avec des femmes esclaves des hommes ou de toute évidence privées d'hommes. Ce fut en tout cas sa conclusion. Il n'avait aucune preuve de ce qu'il y avait dans leurs têtes, mais, se fondant sur sa propre expérience, il était certain que la trahison était le poison du moment.

Triste.

Ils avaient jadis pensé qu'ils formaient une sorte de famille parce qu'ils avaient créé ensemble un compagnonnage à partir de l'isolement. Mais la famille qu'ils imaginaient être devenus était fausse. Quel que fût ce que chacun aimait, recherchait ou voulait fuir, leurs avenirs étaient séparés et imprévisibles. Une seule chose était certaine, le courage seul ne suffirait pas. Sans les liens du sang, il ne voyait rien à l'horizon pour les unir. Néanmoins, se souvenant comment le vicaire avait décrit ce qui existait avant la Création, Scully voyait là de sombres choses, épaisses, insondables, qui ne demandaient qu'à advenir au monde.

Leurs salaires n'étaient peut-être pas aussi élevés que celui du forgeron, mais pour Scully et Mr Bond c'était suffisant pour imaginer un avenir.

Je marche toute la nuit. Seule. C'est difficile sans les bottines de Sir. Avec elles, je pouvais traverser le lit caillouteux d'une rivière. Avancer rapidement dans les forêts et descendre des collines couvertes d'orties. Ce que je lis ou déchiffre est maintenant inutile. Les têtes de chien, les couleuvres rayées, tout cela n'a plus de sens. Mais ma route est claire maintenant que je t'ai perdu toi que je pense toujours être toute ma vie et ce qui me protège de tout mal, de tous ceux qui me regardent de près uniquement pour me rejeter ensuite. De tous ceux qui croient avoir une légitimité à me posséder ou à me diriger. Je ne suis rien pour toi. Tu dis que je suis la sauvagerie incarnée. Je le suis. Est-ce un tremblement sur ta bouche, dans ton œil? As-tu peur? Tu devrais. Le marteau frappe l'air plusieurs fois avant de t'atteindre et de mourir là de faiblesse. Tu te bats pour me l'arracher et le jeter au loin. Notre lutte est longue. Je montre les dents pour te mordre, pour te déchirer. Malaik hurle. Tu me tires les bras dans le dos. Je me tords pour t'échapper. Les tenailles sont là, tout près. Tout près. Je les balance, je les balance avec force. En te voyant tituber et saigner, je cours. Puis je marche. Puis je flotte. Une congère qui s'est détachée de la rive au creux de l'hiver. Je n'ai pas de chaussures. Je n'ai pas de cœur battant pas de maison pas de demain. Je marche le jour. Je marche la nuit. Les plumes se replient. Pour le moment.

Cela fait trois mois que je t'ai fui en courant et je n'ai encore jamais vu des feuilles produire autant de sang et de cuivre. Des couleurs si fortes qu'elles font mal aux yeux et que pour me soulager je dois regarder le ciel bien au-dessus de la cime des arbres. La nuit, quand la lumière du jour cède la place aux étoiles qui parent le ciel noir et froid comme autant de bijoux, je quitte Lina endormie et viens dans cette pièce.

Si tu es vivant ou si jamais tu te remets, il te faudra te courber pour lire mon récit, ramper peut-être par endroits. Je te prie de m'excuser pour l'inconfort. Parfois le bout du clou glisse et la formation des mots se fait désordonnée. Le Révérend Père n'aime jamais cela. Il nous tape sur les doigts et nous fait recommencer. Au début quand je viens dans cette pièce je suis certaine que le récit me donnera les larmes que je ne pourrai jamais verser. Je me trompe. Les yeux secs, je n'arrête mon récit que lorsque la lampe cesse de brûler. Puis je m'endors parmi mes mots. Le récit continue sans rêves et quand je me réveille il me faut du temps pour bouger, quitter la pièce et me mettre au travail. Des travaux qui n'ont aucun sens. Nous nettoyons le vase de nuit mais nous ne l'utilisons jamais. Nous construisons de hautes croix pour les tombes de la prairie puis nous les enlevons, nous les raccourcissons et nous les remettons. Nous nettoyons l'endroit où Sir est mort mais ne pouvons aller nulle part ailleurs dans cette maison. Les araignées règnent ici confortablement et les rouges-gorges nichent en paix. Toutes sortes de petites créatures entrent par la fenêtre avec le vent mordant. J'abrite la

flamme de la lampe avec mon corps et supporte la mor-
sure des dents glacées du vent comme si l'hiver n'avait
qu'une hâte, nous enterrer. Mistress ne s'occupe pas du
froid qui règne dans les dépendances et elle ne se sou-
vient pas non plus de ce que la fraîcheur glacée de la nuit
peut faire à un bébé. Mistress est guérie mais elle ne va
pas bien. Son cœur est infidèle. Tous les sourires ont
disparu. Chaque fois qu'elle revient de la salle du culte,
ses yeux ne sont nulle part et ils n'ont rien à l'intérieur.
Comme les yeux des femmes qui m'examinent derrière
la porte de la remise, les yeux de Mistress ne font que
guetter et ce qu'elle voit ne lui plaît pas. Sa mise est
sombre et simple. Elle prie beaucoup. Elle nous force
toutes, Lina, Sorrow, la fille de Sorrow et moi, quel que
soit le temps, à dormir dans l'étable ou dans la réserve
avec les briques les cordes les outils et toutes sortes de
déchets de la construction. Dormir dehors, c'est pour
les sauvages, elle dit, et donc plus de hamacs sous les
arbres pour Lina et moi, même quand il fait beau. Et
plus de coin de cheminée pour Sorrow et sa petite fille
parce que Mistress n'aime pas le bébé. Par une nuit de
pluie glaciale, Sorrow s'abrite avec le bébé, en bas derrière la porte, dans la pièce où Sir est mort. Mistress la
gifle. De nombreuses fois. Elle ne sait pas que je suis
là tous les soirs sinon elle me fouetterait aussi comme
elle croit que l'exige sa piété. Sa fréquentation de l'église
la change mais je ne crois pas qu'ils lui disent de se
comporter ainsi. Ces règles sont les siennes et elle n'est
plus la même. Scully et Willard disent qu'elle va me
vendre. Mais pas Lina. Sorrow, elle veut la donner, mais
personne ne s'offre à la prendre. Sorrow est une mère
Rien de plus rien de moins. J'aime son dévouement
pour sa petite fille. Elle ne veut plus qu'on l'appelle

Sorrow. Elle a changé son nom et projette de fuir. Elle veut que je vienne avec elle mais j'ai une chose à finir ici. Le pire c'est la façon dont Mistress se comporte avec Lina. Elle exige sa compagnie pour aller à l'église mais la force à s'asseoir au bord de la route quel que soit le temps parce qu'elle ne peut pas entrer. Lina ne peut plus se baigner dans la rivière et doit travailler seule au jardin. Je ne les entends plus jamais parler et rire ensemble comme avant, lorsqu'elles jardinaient toutes les deux. Lina veut vraiment me dire, me rappeler qu'elle m'a tout de suite mise en garde contre toi. Mais les raisons qu'elle avait de me prévenir rendent inutile cet avertissement. Je me souviens de ce que tu me dis il y a longtemps alors que Sir n'est pas encore mort. Tu dis que tu vois des esclaves plus libres que des hommes libres. L'un est un lion dans la peau d'un baudet. L'autre est un baudet dans la peau d'un lion. Que c'est le flétrissement à l'intérieur qui rend esclave et ouvre la porte à ce qui est sauvage. Je sais que mon flétrissement à moi est né dans la remise de la Veuve. Je sais que les griffes de la chose à plumes se sont acharnées sur toi parce que je ne cesse de vouloir qu'elles te déchirent comme toi tu me déchires. Mais il n'empêche qu'il y a autre chose. Un lion qui croit que sa crinière fait tout. Une lionne qui ne le croit pas. J'apprends cela de Jane la Fille. Ses jambes en sang ne l'arrêtent pas. Elle prend des risques. Elle risque tout pour sauver l'esclave que tu rejettes.

Il n'y a plus de place dans cette pièce. Tous ces mots recouvrent le sol. À partir de maintenant tu devras être debout pour m'entendre. Les murs sont un problème parce que la lumière de la lampe est trop faible pour qu'on y voie. Je tiens la lampe dans une main et grave les lettres de l'autre. Mes bras me font mal mais j'ai besoin de te dire cela. Je ne peux le dire à personne d'autre que toi. Je suis près de la porte et proche de la conclusion. Que ferai-je de mes nuits lorsque le récit s'arrêtera ? Les rêves ne reviendront plus. Soudain je me souviens. Tu ne liras pas mon récit. Tu lis le monde mais pas les lettres du langage. Tu ne sais pas le faire. Peut-être un jour apprendras-tu. Si c'est le cas, reviens dans cette ferme, sépare les serpents du portail que tu as fabriqué, pénètre dans cette grande et impressionnante maison, monte l'escalier et entre dans cette pièce qui parle en plein jour. Si tu ne lis jamais cela, personne ne le fera. Ces mots précis, refermés et grands ouverts, se parleront à eux-mêmes. Tout autour, d'un côté à l'autre, de bas en haut, de haut en bas, à travers toute la pièce. Ou bien. Ou peut-être pas. Peut-être que ces mots ont besoin de l'air qui se trouve au-dehors dans le monde. Besoin de s'envoler puis de tomber, de tomber comme des cendres sur des arpents de primevères et de mauves. Sur un lac turquoise, au-delà des pruches séculaires, à travers les nuages coupés par l'arc-en-ciel pour parfumer le sol de la terre. Lina aidera. Elle ne trouve qu'horreur dans cette maison, et aussi forte que soit sa nécessité d'être nécessaire à Mistress je sais qu'elle aime encore plus le feu.

Tu vois ? Tu as raison. *A minha mãe* aussi. Je suis devenue la sauvagerie incarnée mais je suis aussi Florens. Pleinement. Impardonnable. Qui ne pardonne pas. Pas de pitié, mon amour. Aucune. Tu m'entends ? Esclave. Libre. Je dure.

Je garderai une seule tristesse. Que tout ce temps je ne puisse pas savoir ce que me dit ma mère. Elle ne peut pas non plus savoir ce que je veux lui dire. *Mãe*, tu peux être contente maintenant, parce que la plante de mes pieds est aussi dure que du bois de cyprès.

Aucun des deux ne voudra de ton frère. Je connais leurs goûts. Les seins apportent plus de plaisir que des choses plus simples. Les tiens se gonflent trop tôt et sont irrités par le tissu qui couvre ta poitrine de petite fille. Ils le voient et je vois qu'ils le voient. Rien de bon ne peut suivre même si je t'ai offerte à un des garçons des baraques. Figo. Tu te souviens de lui. C'était le gentil avec les chevaux et il jouait avec toi dans la cour. Je gardais les couennes pour lui et du pain sucré pour apporter aux autres. Bess, sa mère, savait ce que je pensais et n'était pas contre. Elle surveillait son fils comme une mère faucon, tout comme moi avec toi. Mais cela ne donne jamais rien de durablement bon, mon amour. Il n'y avait aucune protection. Aucune. Certainement pas avec ton vice des chaussures. C'était comme si tu te dépêchais de faire pousser tes seins et du coup de faire jaser un vieux couple marié.

Comprends-moi. Il n'y avait pas de protection et rien dans le catéchisme pour leur dire non. J'ai voulu prévenir le Révérend Père. J'espérais que si nous pouvions apprendre les lettres, tu pourrais un jour faire ta route d'une façon ou d'une autre. Le Révérend Père était plein de douceur et de bravoure et il disait que

UN DON

c'était ce que Dieu voulait même s'ils lui donnaient une amende, l'emprisonnaient ou le pourchassaient avec des fusils pour cela comme ils le faisaient avec d'autres prêtres qui nous apprenaient à lire. Il croyait que nous aimerions Dieu davantage si on connaissait les lettres pour lire. Je ne sais pas, pour cela. Ce que je sais, c'est qu'il y a de la magie à apprendre.

Lorsque l'homme de grande taille avec les cheveux jaunes est venu dîner, j'ai vu qu'il détestait la nourriture et j'ai vu des choses dans ses yeux qui disaient qu'il ne faisait pas confiance à Senhor, à Senhora et à leurs fils. Ses manières, m'étais-je dit, sont des manières différentes. Son pays est loin d'ici. Il n'y avait rien d'animal dans son cœur. Il ne me regardait jamais comme le faisait Senhor. Il ne voulait pas.

Je ne sais pas qui est ton père. Il faisait trop noir pour les voir. Ils vinrent une nuit et nous emmenèrent toutes les trois y compris Bess dans un séchoir à tabac. Des ombres d'hommes étaient assises sur des tonneaux, puis elles se levèrent. Ils dirent qu'on leur avait dit qu'il fallait nous briser. Il n'y a pas de protection. Être femme ici c'est être une blessure ouverte qui ne peut guérir. Même si des cicatrices se forment, le pus est toujours tapi en dessous.

Des insultes avaient été échangées dans les deux sens pendant de nombreuses saisons entre le roi de nos familles et le roi d'autres familles. Je crois que les hommes vivent et se repaissent d'insultes sur le bétail, les femmes, l'eau ou les récoltes. Tout s'échauffe et pour finir les hommes de leurs familles brûlent nos maisons à nous et ramassent ceux qu'ils ne peuvent tuer ou trouver à échanger. Attachés par des lianes l'un à l'autre nous sommes déplacés quatre fois avec chaque fois plus d'échanges, plus de tris, plus de morts. Nous augmentons en nombre ou diminuons en nombre jusqu'au moment où peut-être sept fois dix ou même dix fois dix d'entre nous sont menés dans un enclos. Là nous voyons des hommes que nous croyons malades ou morts. Nous apprenons vite qu'ils ne sont ni l'un ni l'autre. Leur peau nous induisait en erreur. Les hommes qui nous gardent nous et qui nous vendent nous sont noirs. Deux d'entre eux ont des chapeaux et d'étranges bouts de tissu autour du cou. Ils nous assurent que les hommes blanchis ne veulent pas nous manger. C'est pourtant toujours la même misère qui continue. Parfois on chantait. Certains d'entre nous se battaient. La plupart du temps on dormait ou on pleurait. Puis les hommes blanchis nous ont divisés et nous ont mis dans des canots. Nous arrivons dans une maison faite pour flotter sur la mer. Toutes les eaux, rivière ou mer, ont des requins sous la surface. Les blanchis qui nous gardent aiment ça autant que les requins sont heureux d'avoir un endroit où la nourriture est abondante.

J'ai accueilli avec joie les requins qui tournaient en cercles mais ils m'ont évitée comme s'ils savaient que je préférais leurs dents aux chaînes que j'avais autour du cou, de la taille et des chevilles. Lorsque le canot donnait de la bande, certains d'entre nous sautaient, d'autres tombaient au fond et on ne voyait leur sang tournoyer que lorsque nous les vivants nous avions été récupérés et placés sous bonne garde. On nous met dans une maison qui flotte sur la mer et on voit pour la première fois des rats et il devient difficile d'imaginer comment mourir. Certains d'entre nous ont essayé; certains ont réussi. En refusant de manger l'igname frit. En nous étranglant. En offrant nos corps aux requins qui nous suivent tout le long du chemin nuit et jour. Je sais que cela les amusait de nous rafraîchir avec le fouet mais j'ai vu aussi que cela les amusait de fouetter les leurs. La folie domine ici. Qui meurt et qui vit ? Qui pourrait le dire dans ces gémissements et ces cris dans le noir, dans cette horreur ? C'est une chose de vivre dans vos propres déchets ; c'en est une autre de vivre dans ceux des autres.

La Barbade, je les entends dire. Après des jours et des jours de questions quant à savoir pourquoi je ne pourrais pas mourir comme les autres. Après avoir fait semblant d'être morte pour être jetée par-dessus bord. Quoi que l'esprit planifie, le corps a d'autres intérêts. Et donc vers La Barbade, où j'ai trouvé un répit dans l'air pur et le fait de pouvoir me tenir debout toute droite sous un ciel qui ressemble à celui de chez nous. Reconnaissante pour cette chaleur familière du soleil au lieu de la vapeur moite de la chair entassée. Reconnaissante aussi pour la terre ferme qui soutient mes pieds malgré l'enclos que je partage avec tant d'autres. Un enclos plus petit que la cale dans laquelle nous sommes venus. Un par un, on nous faisait sauter bien haut, nous pencher en avant, ouvrir nos bouches. Les enfants étaient les meilleurs à cela. Comme de l'herbe aplatie par des éléphants, ils se redressaient pour tenter à nouveau de vivre. Ils avaient cessé de pleurer il y avait très longtemps. Maintenant, les yeux écarquillés, ils voulaient plaire, montrer ce dont ils étaient capables et donc prouver leur valeur d'êtres vivants. Parce que leur survie demeurait fort incertaine. Parce qu'il était fort probable qu'un autre troupeau allait venir les détruire. Un troupeau d'hommes aux dents immenses tâtant les lanières de leurs fouets. Des hommes tout rouges de désirs divers. Ou, comme j'allais l'apprendre, détruits par la vie mortelle qui rampe dans les champs de canne que nous étions venus récolter ici. Serpents, tarentules, ou lézards, qu'ils appelaient alligators. Je n'ai brûlé ma sueur dans les cannes à sucre que peu de temps, puis ils m'ont emmenée pour m'asseoir sur une estrade au soleil. C'est là que j'ai appris que je n'étais pas une personne de mon pays, ni de mes familles. J'étais une *negrita*. Tout. Langue, vêtements, dieux, danse, habitudes, décoration, chant – tout se fondait dans la couleur de ma peau. Ce fut donc en tant que Noire que je fus achetée par Senhor, tirée du champ de canne et mise dans un bateau partant vers le nord dans ses champs de tabac. Un espoir, donc. Mais avant cela, les accouplements ; Bess et moi et une autre qui sommes prises et emmenées dans le séchoir à tabac. Ensuite, les hommes à qui on avait dit de nous briser se sont excusés. Plus tard, un intendant nous a donné à chacune une orange. Et tout aurait été très bien. Cela aurait été bon les deux fois, parce que les résultats ce furent toi et ton frère. Mais après il y a eu Senhor et sa femme. J'ai commencé à raconter au Révérend Père mais la honte privait mes mots de tout sens. Il ne comprit pas ou bien il ne me crut pas. Il m'a dit de ne pas désespérer ni me montrer faible de cœur mais d'aimer Dieu et Jésus-Christ de toute mon âme ; de prier pour la délivrance qui serait la mienne au jour du jugement ; que quoi que les autres puissent dire, je n'étais pas un animal dépourvu d'âme, une malédiction ; que les protestants étaient dans l'erreur, dans le péché, et que si je restais innocente dans mon esprit comme dans mes actes je serais accueillie au-delà de la vallée de cette triste vie pour une vie éternelle, amen.

Mais tu voulais les chaussures d'une femme de peu, et un tissu bandé autour de ta poitrine ne servit à rien. Tu as capté l'œil de Senhor. Après le dîner, quand l'homme de grande taille a suivi Senhor pour une promenade vers les baraques, je chantais à la pompe. Une chanson sur l'oiseau vert qui se bat et meurt quand le singe lui vole ses œufs. J'entendais leurs voix et je vous ai pris toi et ton frère pour que vous vous teniez sous leurs yeux.

Une chance, me suis-je dit. Il n'y a pas de protection, mais il peut y avoir une différence. Tu te tenais là avec tes chaussures et l'homme de grande taille a ri et il a dit qu'il me prendrait pour clore la dette. Je savais que Senhor ne le permettrait pas. J'ai dit : toi. Prenez-la, ma fille. Parce que je voyais que l'homme de grande taille te regardait comme une enfant, pas comme des pièces d'or espagnoles. Je me suis agenouillée devant lui. En espérant un miracle. Il a dit oui.

Ce n'était pas un miracle. Octroyé par Dieu. Ce fut un don. Offert par un être humain. Je suis restée à genoux. Dans la poussière où mon cœur va demeurer chaque nuit et chaque jour jusqu'au moment où tu comprendras ce que je sais et brûle de te dire : recevoir le pouvoir de dominer autrui est chose difficile; s'emparer de force de ce pouvoir est chose erronée; donner ce pouvoir sur soi-même à autrui est chose mauvaise.

Oh, Florens. Mon amour. Écoute *a tua mãe*.

Cet ouvrage a été composé et imprimé par
CPI Firmin Didot à Mesnil-sur-l'Estrée
pour le compte de Christian Bourgois éditeur
en avril 2009

Imprimé en France
Dépôt légal : avril 2009
N° d'édition : 1992-4 – N° d'impression : 95198